踏歌行
夏眉小說集

夏眉／著

目次

序

太太即將要出版一本小說集，出版社要她寫個序；她絞盡腦汁，卻想不出該寫什麼，只好依照慣例，把頭痛的事都交給我處理了。我做為丈夫的，當然義不容辭，都承擔下來了。

想當年，我在紐約初認識她時，只知她唸的是外文系，滿腦子都是希臘神話和莎士比亞。結了婚以後，看她除了燒飯，帶孩子以外，有空就抱著英文小說看，我還以為她跟我一樣，早把中文都給忘得差不多了。沒想到，有一次在中文報紙上竟看到她寫的文章，這才恍然大悟，原來她會用中文寫作；真是令人詫異了！

只是她後來到研究所去唸書，畢業以後又開始做事，所以有二十幾年的時間都沒提筆。直到十年前，她終於學會了中文打字，這才像打了一針強心劑，又開始在報章上發表一些小品文、遊記了。每讀到她的文章，我從來不敢表示什麼意見。畢竟我是唸工程的，寫作的事，我是門外漢。我只能說，收在這本集子裡的小說，有她少女時代寫的〈懷念那已失去的〉；那是風花雪月的事。也有剛出爐的中篇小說〈幽窗冷雨〉；那是為了悼念一位故友而寫的。不管讀者對她的文章有什麼評語，我深覺她肯用心，也那麼執着，就是很值得敬佩了。

陳重男

踏歌行

我是斗六人，小時和母親住在深宅大院裏，難得出門，偶而和母親上街或去拜訪住在鎮東的姑媽，我就好怕，總拉著母親的裙裾，怕走失了，只覺斗六是個好大的地方，後來漸漸成長，自己騎了車東南西北地跑，每一條大街小巷都很熟悉了，竟愛上這小鎮，也不再覺得它大了，等出外讀書，比起那繁華的都市，才知道自己是個鄉下人，是小鎮的產物。

常有人問我，「妳是哪裏人？」

「斗六人。」我總心虛地回答，故鄉的名字好土氣的，我總覺得自己多多少少沾上那一份土氣，總是有幾分不自在。

大部分時候，問的人總閃爍著眼睛，帶著幾分同情，幾分嘲譏；雖然他們不說出口，但我是很敏感的，知道他們心裏想說，「原來妳是個鄉下姑娘。」

有些人，縱貫鐵路來回坐了幾趟，就擺出一副精通台灣地理的淵博神態，高聲地說：「我當然聽過那地方，就在台南附近吧？」

我總氣呼呼地反問：「從斗六坐慢車到台南，少說也得三個小時，你說近不近？」

又有人好奇地問，「為什麼那地方叫斗六？」

我的天，我怎麼知道？

總之，長大了，才知道做為斗六人，真是一件令人洩氣的事。但是離開了那地方後，我總是想回去；那裏有我熟悉的街道，有我深知的人，有許多深印在心裏的往事，有我的童年。

那是我成長的地方。

※　※　※

我的記憶是五歲才開始的，後來年紀較大了，就問母親，「我是不是一生下來就五歲？」

「傻女孩！每個人生下來都只有一歲大。」

「那我怎麼都不記得五歲以前的事了？」

我大為震驚，覺得自己被剝奪了四年的光陰，少活了四年的歲月。

「妳太小了，才記不得。」我母親好笑地說，「妳小的時候，傻得令人心慌，到了四歲才會說話，我原以為生了一個白癡呢！」

雖說是個傻呼呼的女孩，我卻記得五歲時的兩件傷心事。

有一天，我爬到母親房裏的五斗櫃上玩，不慎跌了下來，跌得頭破血流，當時大叫大哭，直喊媽，但我的母親，只回頭瞥了一眼，一句話也不說，就走開了。我的驚奇和傷心，使我忘卻了皮肉的疼痛，只怔怔地站在那裏，一臉的血，也任由它風乾了。

至今，我仍記得母親的眼光，視而不見似的，好冷淡。

長大了些以後，我大著膽子問母親，「我當時跌傷了，妳怎麼不理我？」

我母親淡淡地說，「妳野性難改，沒有一點兒女孩子氣。天天不是爬樹，就是爬牆，我當時要是把妳抱起來，替妳擦臉，替妳敷藥，妳不但不會悔過，說不定還埋怨全是那五斗櫃在作怪呢！」

我的母親很少和鄰居交往，平日深居簡出的。但她很喜愛我的姑媽。姑媽住在鎮東，每次母親帶我到姑媽家總要經過斗六最熱鬧的一條大街，那條街商店林立，我的姑父就在最熱鬧的十字路口上，開了一家很大的冰店。那冰店的伙計是認得我的，每次看我走過就會遞給我一根紅豆冰棒。至今我仍記得那冰棒透心的涼和那埋在冰裏一粒一粒又硬又香的小紅豆。

穿過十字路口，就是一家皮鞋店，我總是一面吃冰棒，一面欣賞著櫥窗裏各種款式的皮鞋。那時，我心醉於一雙紅色的高跟小拖鞋，總哀求著母親為我買下來。母親卻連看也不看地直往前走。後來那雙紅鞋子不曉得給哪一個幸運的女孩子買走了。我心都碎了。

等我考上初中，母親要送禮物給我，表示慰勞之意，我卻什麼都不要了。

「我五歲的時候，好想要一雙皮鞋，妳怎麼不買給我？」我把七年前的往事翻出來。

「果然是個小心眼的女孩。」母親笑著說，「那雙皮鞋才四十塊錢，我並不是買不起，只是那店東是我的債權人，我不想和他交易。」

「什麼是債權人？」我不解地問。

「債權人，就是借錢給別人花用，趁機會從中剝削的人。」母親皺著眉，不耐地解釋著。每提起錢，母親就頭痛。她是個不善理財的人。

「我們為什麼要向他借錢用呢？我以為我們很有錢？」

「妳父親留下來的全是不動產，家裏的錢總是不夠用。」

「什麼叫不動產？」我禁不住又好奇的問。

「不動產就是搬不動的財產，像房屋，地皮，田產都算不動產。」

「我們錢老是不夠用怎麼辦？」

「只好賣房子了。」她無奈的回答。

我們除了一座堂皇的祖屋外，還有兩座大樓房出租給人營業兼家居。我們的屋後，隔了一道高牆，就是一條小巷，小巷兩邊一共是十間一式一樣的平房，都是一廳一房，廚、廁俱全的瓦房；那是祖父當年特地蓋給替他幫傭的鋸木工人住的。後來祖父死了，母親就轉租給一些工人階級的家庭。我們還有一家大型的鋸木工廠，和一些田產，這就是父親留下來的遺產了。我剛從大學畢業，母親就宣告破產了。她曾自我檢討過，認為她的不善理財是我們家境衰微的最大原因。

後來我才知道，母親也有她的苦衷。她有一個同父異母的弟弟是個不願回頭的浪子。已經娶了妻，生了五個女兒，卻不務正業，只知把外公留給他的田產，一塊一塊的變賣掉，過著坐吃山空的生活。他經濟垮台後，就賴著臉靠母親接濟他了，我的母親從來不提及這件事，只因她不願自己的父親身後蒙羞。

但我五歲那年，除了買不到紅皮鞋外，是沒有憂慮的，所憂慮的事，都有我母親承擔著。

我成天只想玩，卻找不到玩伴。

「別的人都有許多兄弟姐妹，怎麼我們家就只有我？」

母親說，「生一個，已經夠多了。」

我家，一廳六房，是個冬溫夏涼的紅磚房子，屋樑上，牆壁上都是雕龍刻鳳的，地板是大理石砌成的，前後院種滿了花樹與果樹，三百多坪的地方，只住了母親和我。

每早醒來，我總到母親房裏走一遭，然後到廚房去吃飯，碧霞總是一邊看我吃飯，一邊教訓我，「像野女孩子，每天爬牆，也不肯待在家。」

我吃過飯，擦了擦嘴，就翻牆到小巷裏去和一堆孩子玩了。我那時好羨慕那些玩伴，他們全住在小巷裏，熱鬧非凡，只有我，非得爬過牆是找不到玩伴的。我常邀請他們到我家去爬果樹，捉迷藏，但他們都不肯過來。

後來我才知道，那道牆只有我能爬過去，他們是不准過來的。

我母親是不情願我和那群小孩在一起的，但她是個好靜的人，我在家老是吵得她心慌，只好由我去。但是我每次天黑回家，她總會說，「妳將來要嫁給鐵路工人或清道夫吧？」

我可不在乎。

我的丈夫總認為我的孩提時代，一定過得很寂莫，很黯淡；但那些久遠的日子，在我的記憶中，只是一片模糊，只是一連串爬牆的日子。有什麼不快樂呢！

六歲時，進了一年級，我才第一次和外界真正發生了接觸。

我進了鎮西國民學校。那時我們鎮上只有鎮西和鎮東兩個小學，兩個學校的高年級男生常常打群架，總是水火不相容。後來又多了一個鎮南國校，但是從沒有聽過有人住在鎮北。

我母親說，「也許斗六是個三角形的地方，只有三邊。」

初進小學，看到操場上成千的孩子，和嚴肅的老師，我都嚇傻了。我每天早上起來，一想到上學就發抖，就不肯出門，是母親要碧霞硬拉著我去的。

我的老師是個中年男人，脾氣好，有耐性，而且滿肚子的故事。他要我們在紙上寫自己的名字。

本來就嚇傻的我，如今更是抖個不住了。我連自己的學名是什麼都不知道！

老師把我的名字告訴我，又寫在紙上要我摹擬。我生平第一次提起筆，根本不會用。

他笑著說，「怎麼用左手呢？換換手吧！」

坐在旁邊的孩子都笑了。原來我是左拐子，連我自己都不知道。

那是一段心酸難過的日子，不知流了多少淚，挨了多少罵，我卻是無法改用右手。

母親說，「妳玩玻璃珠子，丟沙包，用剪刀都可以用左手，但是寫字和吃飯是非用右手不可的，妳要讓人取笑妳嗎？」

只是本性難移，母親的勸解和怒罵都不生效。

有天，她看到我用左手扒飯，就灰心地說，「我改嫁算了，也不帶妳去了。」這句話，她只說了兩次，我就把左拐子的習性改過來了。

她威脅著要改嫁的策略，我是諒解的，但是想起剛進小學時，一竅不通的恐慌和無助，總不免怨嘆母親的疏忽。

母親卻說，「我四歲的時候，妳的外公就請了一個私塾老師替我啟蒙，我每天被逼著讀《三字經》，什麼「人之初，性本善。性相近，習相遠。」《三字經》唸完了，就開始讀《論語》，那種痛苦的經驗，不是一般人受得了的，所以我早就下決心，一個字也不教妳，我要你自已去學，妳有能耐學多少，就算多少。」

母親採取的是放任政策，她不逼我讀書，零用錢卻供應不斷。

只是我並不懂得花錢，每天下課，我就和住在同一條街的一個警察的女兒美佳踢著石子走回家。後來我們發覺每次散學後，經過校門外的一個十字路口時，總看到一大群孩子擠進了一個街角的小店裏。有一天，我們再也受不住誘惑。

「要不要進去看看？」我問美佳。

她點了點頭，但走不到兩步，她突然拉住我。

「我沒有帶錢，」她說著，小小的姣好的臉都失去了血色。

「不要緊，我口袋裏多的是。」我抖動了一下裙子，那裙袋裏的硬幣，碰來碰去，發出叮叮噹噹的聲音。

於是我們手牽著手，鼓足了勇氣，擠進了小店。

原來那是另一個天地，一個夢中的世界，一個理想的國度。那小小的店裏，一格格，一層層，竟擺滿了糖果與糕餅——有的看都沒看過，有的看過卻沒吃過，而夢寐以求的。

我問美佳，「妳想吃哪一種？」

她喜悅又羞怯地說，「不曉得要選哪一樣。好像每一樣都很好吃。」

我們兩個人小，被大孩子擠來擠去，只看得着那琳瑯滿目的美味，卻老是輪不到我們買。只看到那些大孩子把糖果一顆一顆的往嘴裏送，真有絞心的痛，只怕店裏的好東西都被搶光了，但我們也無可奈何，只有乾著急，吞口水的份。

等到別人都走光了，那店主人才看到我們。原來他就是那個大呼小叫的人，我在店裏站了半天，只聽到他的聲音傳過來，不絕於耳，如今才看到他的人，他是個三十歲左右的男人，粗粗壯壯的，滿臉的笑，上身竟裸露著，我看著他袒露的胸口，突起的肚皮，竟張大了口，直瞪著他。

「喂，紅姑娘，」他招呼著，「怎麼以前都沒看過妳？」

我好喜歡紅色，常是一身的紅。那天我正好穿了一件紅毛衣，紅裙子。

「我是第一次來。」

然後我指了指那個裝雲片糕的玻璃罐。

「我要一包雲片糕。」

他從罐裏摸出一包，遞給我，然後伸出了三根手指，「三毛錢。」

「她也要一包，」我指著身旁的美佳。「一共多少錢？」

他伸出五根手指，「五毛錢。」

我們快快活活地剝著糕片，舐著，慢慢地享受著。到了家門口，才吃完了。從此我成了那糖果店的常客，從此「紅姑」的綽號成為他對我的稱呼。

他叫一郎叔，我每天看到他，久而久之，也跟著別的孩子叫他一郎叔了。

等我上二年級時，對學校的一切已熟得不能再熟了，班上的同學，原本陌生的，現在也都敵友分明了，我好野，對班上的男同學看不順眼，對他們也絕不讓步，偏有一個姓陳的傢伙，仗著他人高力大，總要欺負我。

有一天，我們又吵架，他拉了我的頭髮，我當然趁機告狀。老師偏疼女生，也不管事出有因，拉了他就打，還罰了他站一節課，我仍意猶未盡，仍想找機會整他。

巧得很，下了課後，竟在一郎叔的店裏碰到他。

我說，「一郎叔，他好壞，剛才拉了我的頭髮。」

「你這小子，怎麼欺負女生？」一郎叔氣勢洶洶地吼著，「今天不賣糖給你！」我那姓陳的仇家說，「是她先用掃把打我的腿。你看，還有一道痕。」一郎叔怒目看著我，「紅姑，妳打了他沒有？」

我那時太小了，還沒有學會說謊的工夫，只好都默認了。他抓了一把糖給那姓陳的小孩，竟不要他的錢。我呢，他只狠狠地瞪了一眼，就走開了，連糖都不賣給我。那天，我真是傷心欲絕，有生以來，還沒有那麼丟臉過。本不想再跟一郎叔打交道的。只是他那滿屋子糖餅的誘惑實在太大了，不是一個七歲的孩子可以抵擋得住的。不到兩天，我就投降了，只低著頭走進店裏，心裏卻委屈得很。

「紅姑。」他看到我，親切地說，「這包泡泡糖給妳。」

那包糖，使我對他的怒意全消了。

每天光顧他的店。有一天我突然發覺了一件奇事。那一郎叔竟是一年到頭，三百六十五天都是赤著上身的！我忙把這件事報告母親，她說，「妳的一郎叔是個粗漢子，什麼事都做得出來。」

我忍不住好奇心，第二天就跑去問他本人。一郎叔笑嘻嘻地把原委抖了出來。

原來他的知己就是我們學校的工友乞食伯。乞食伯小時多病，他父親怕孩子養不活，就把來旺這個好好的名字硬改成乞食了。是取了惡名，討個吉利的意思。

乞食伯和一郎叔的年齡相差不多，兩個人一有空就瞎聊天，鬥嘴。一郎叔笑乞食伯骨瘦如柴，做不得粗活，只好在學校裏敲敲鐘，替老師們倒茶。乞食伯卻笑一郎叔滿身肥肉，正經事不幹，卻跑到鎮上來開店，做騙孩子的勾當。一郎叔被譏，怎麼吞得下那口氣，就大聲笑罵，只誇口說，他力大如牛，一年到頭不穿衣服也可以抵風寒。乞食伯抓到把柄，哪肯放棄？他說如果一郎叔能四季不著上衣，他乞食伯就有力氣挑水肥，替他澆菜園。

一郎叔在鐵道邊有一塊很大的菜園，平常都要僱用佃農替他澆肥的，如今有人要免費服務，他哪有放棄的道理？

從此他竟不再穿上衣。

「那是五年前的事了，」他笑嘻嘻地說，「我好久沒買上衣了。」

「你冬天不冷嗎？」

「第一個冬天最難受，恨不得身上長的是牛皮，後來就不覺得冷了，現在要是穿上衣服才難過呢，而且妳一郎嬸一到冬天，就拚命讓我吃補品，喝藥酒，現在，冬天裡還會流汗呢！」

我壓根兒不知道他是有老婆的人，我嘴巴張得好大。

「紅姑，妳發什麼呆？」

「我怎麼沒見過一郎嬸呢？」

他笑得好開心。「女人家，怎麼可以出來招搖，妳要看她，就到裡邊去吧？」

我到房門口，探了一下頭，就坐回椅子上，她是個不起眼的女人；在我的心目中，只有媽帶我去看的日本電影裡面那些女主角，才是美人。

「妳看到了吧？」他說。

我只是點點頭，並不覺得她有什麼希罕。

「她是我的老婆，」一郎叔大聲地說，我好笑地看著他，那時我太小了，無法體會他的話，也不懂得他的眼神。

我天天在他店裡鬼混，常常，別的孩子都走了，只留下我一個人，我總坐在角落裡的一張椅子上，隔著一排玻璃櫥，大聲地和他聊天。

有一天他說，「紅姑，很想念妳父親吧？」

我瞪大了眼睛，「我父親老早就死了，他長得什麼樣子我都不知道，怎麼會想念他？」

我白天很少想到父親，但是夜裡常常夢見他，夢見他高高瘦瘦的身形，站在我的床頭，然後他會伸出他冷冷的手，擱在我的額頭，我從沒醒過來，只沉沉地睡著，心裡暖暖的。

一郎叔只看著我。

「你怎麼知道我沒有爸爸？」我突然問他。

「斗六是個小地方，我當然知道妳是誰家的孩子。」

「你見過我父親嗎？他長得怎麼樣？」我急切地問。

「他長得高高瘦瘦的，帶著眼鏡，很斯文的人。」

「我媽說我長得和爸爸一模一樣，他也和我一般難看嗎？」

一郎叔大笑，「誰說妳長得難看？」

我不禁嘆了一口氣，「如果能見他一面多好，只要一分鐘就夠了，我就會記得他了。」

「妳有了母親就夠了，她不是很疼妳嗎？」

我想了好久，心裡有點躊躇，母親從來不打我的，颳風下雨了，她也會記得叫碧霞到學校來接我，但是有了父親，不是更好嗎？

「我爸爸是不是像你這麼好？」我問他。

「他是有學問的人，家世又好，妳怎麼可以拿我這粗漢子跟他比？」

粗漢子，一年到頭赤裸著上身的人，但能有他這樣的父親，也不該有怨嘆了，可惜他沒有自己的孩子；那個老躲在屋子裡的一郎嬸是隻不生蛋的母雞，那是她自己說的。

有一天，我在街上碰到那個賣冰淇淋的男人，他的顧客分兩類人，一類人是拿出一分錢，得一分貨的規矩人；另一類的人是賭徒型的，跟他用輪盤打賭，賭輸了，五毛錢才換回來小小的一瓢冰淇淋；賭贏的話，就得了「天霸王」號的一大碗冰。我是屬於後者。

那一天我運氣好，竟得了「天霸王」，那賣冰的是個老實人，並不想吃我這個八歲的女孩子，就說，「妳中了『天霸王』，夠妳吃得肚子痛了，妳回去拿個碗來吧？」

「我家住得很遠呢！」

「去向一郎叔借個碗來裝吧？」

一郎叔正忙著招呼顧客，只對我說，「去向妳一郎嬸要吧，她在廚房裡。」

我放輕了腳步進去，她正在洗菜，看我進去了，也不作聲，只望著我。

「一郎叔說的，要我向妳拿個碗裝冰淇淋，我中了『天霸王』號。」

她的臉，沉寂的，突然綻開了，竟像一朵花，我從來沒有看過這麼美的笑容，不覺看呆了。

她遞給我一隻小小的瓷碗，我好失望。

「這個碗夠大了，吃太多了，會肚子痛。」她說，「等一下妳就端進來吃吧！女孩子在街上吃東西不好看。」

我就是這樣認識了那個平凡而又美麗的女人，我每天到糖果店去，總要進裡間去探探頭，她不是在縫衣服，就是在燒飯，好像雙手沒有一時的清閒。

有時，一郎叔會抓了一把橄欖給我，然後吩咐著說，「妳拿進去給一郎嬸吃，她愛吃酸酸的橄欖。」

有時是一郎嬸差遣我，「紅姑，妳出去看看，要是店裡沒有人，妳就叫他進來吃綠豆湯吧。」

在甘蔗出產的旺季，一郎叔也在店門外賣甘蔗，他常常會問顧客，「你那節甘蔗甜不甜？會不會太硬？」如果對方說那甘蔗又甜又脆，他就會削兩節，然後遞給我，「拿去給妳一郎嬸吧？她一定渴了。」

有一次，一郎嬸接過了甘蔗後，就問我，「要不要喝點冬瓜茶？」

我就坐下來了，她是個沉默的人，我卻喜歡找她聊天。

「一郎叔怎麼叫一郎叔？」我問她。

「因為他的名字叫一郎。」

「有沒有二郎、三郎和四郎？」我喜歡追根究柢。

「他的父親是種田人，打算生半打兒子幫他做活的，所以第一胎生了兒子就叫一郎，他以為接下去會有二郎、三郎、四郎和五郎，只是他母親只生下他一個，就停了，再也生不出孩子。」

「他也沒有姊妹嗎？」

「沒有，他母親就生下他這個兒子，所以把他寵壞了，妳看，他已經三十幾歲的人了，還是很小孩子氣的，說不穿衣服，就不穿，」她笑著說。

「只有一個孩子，好無味。」

「是呀！但是有一個總比沒有的好，他好喜歡孩子的，我卻是一隻不生蛋的母雞。」

我每天來，總是看到一大堆孩子在店裡鑽來鑽去，只覺他們家孩子好多，如今一郎嬸提起，我才發覺，果然那一大堆孩子竟沒有一個是他們自己的。

※　※　※

八歲那年，我懂得了許多事，每天下課，還沒有走到十字路口，我就可以看到一郎嬸的臉在廚房的窗口探望著，在一大群女孩子中找我，然後很高興地對我招手。每天走進那小店，我看到一郎叔的眼睛發亮，他寬大的臉似乎因為那抹不掉的笑意而顯得更寬大了，他總對我說，「一郎嬸在等妳呢！」

她，是個很沉靜的女人，從來不抱我，不吻我，只對我微笑，只懂得關心地問，「妳今天有沒有挨老師的罵？」或者「妳今天有沒有跟男生打架？」更常問的是，「月考快到了，妳準備充足了沒有？」

每天，我都是回家吃中飯的，一郎嬸希望我中飯在她那裡吃，免得來回走好遠的路，但母親卻一口回絕了。

每天下課以後，我總到一郎叔的店裡去，但是天還沒有黑，我就得告辭回家去。「妳回來了？」每天回到家，母親總說，「怎麼搞得那樣髒？去洗洗臉和手。」

八歲，是難忘的一年，因為我失去了唯一的朋友，美佳的父親被調到斗南去了。

她是個白皙、小巧而害羞的女孩，我們兩人的個性和外型真有天壤之別，但我們卻是好朋友。她搬走了，一郎叔知道我難過，就一把一把的糖果抓給我吃，但是再甜的糖也安慰不了我的；夜裡我常夢見她，夢見她和我在玩跳房子，夢見她和我在前院的果樹下盪鞦韆。

一郎嬸說，「妳班級裡面女孩子那麼多，再找一個和妳一起玩嘛。」但是我再也沒有找到一個頂她的缺的女孩。

母親說，「年紀小小的，怎麼老是哭喪著臉？」

她沒有注意到，我的好友美佳已經不再到我家來了。

隨著日子的流轉，我對美佳的懷念也漸漸淡了，但我仍記得她，六年級那年，班上遠足到斗南，我興奮得一夜睡不著，心想又可以見到她了。

果然，老師把我們帶到斗南國校休息，吃便當，我不停地張望著，心不停地亂跳著，果然，在操場上，一大堆孩子裡，我又看到她；仍是那麼白皙，纖巧的模樣，只是我竟不想走過去和她打招呼了，她已是個陌生的女孩子，我心目中的兒時玩伴，是個八歲大的女孩，在我的記憶裡，她成了一個永遠不會長成的影像。

八歲，是抹不掉的一年，永遠印在記憶裡了。那一年，我碰到了我的仇敵，他要來奪走我的母親。

自我有記憶以來，我家常常有一些自稱是我叔叔的男人來訪，總是帶了大包、小包的禮物，總是逗留著不肯走，但每一個叔叔都只來兩三次，我母親就會吩咐碧霞說，「以後那人再來，就說我不在。」

但是八歲那年，那個高高瘦瘦的洪叔叔出現了，他是一個在銀行做事的外地人，剛從彰化搬來的，他有兩個和我年齡差不多的男孩，只是我從來沒見過他的妻子。有一天，他又帶了兩個兒子來拜訪，我問他們，「你們的母親怎麼不來？」

「我們沒有母親，她早就死了。」

我們三個孩子，老是玩不來，那時我最恨男孩的。

後來洪叔叔就自己來了，他是個長得很好看的男人，兩眼深深的，鼻子很高，老是一副憂鬱的神色，他每次都坐了一輛自用三輪車來。那車夫喜歡逗我玩，常載我在前院繞圈子，後來等久了，他就縮在角落裡打盹，我也懶得去驚動他。

後來，他不坐三輪車來了，只說他喜歡散步，他總是早早的來，很晚才走，我母親常留他吃晚飯，他們在大廳吃，我和碧霞在廚房吃。

他每次來，都是我母親親自下廚的。我母親，一向素淡的，突然間變成珠光寶氣，濃妝豔抹的婦人。我生性懶散，不喜歡洗澡，經常總要媽催促好幾次才肯上澡房的，如今她竟不在意我幾天不洗澡了；我小腿上長了瘡，她似乎沒有看到，還是碧霞用一根針刺破了膿包，替我敷上藥的。

她也不再看書了，整天坐在籐椅裡，對著前院的一棵大榕樹發呆。

我每天像小狗一樣，跟著她。每次她一開口，我就心跳，總以為她會說，「以後那人來了，就說我不在。」

可是，她不再說這句話了。我，像隻小狗，默默地望著她，只是小狗有尾巴，可以搖晃著表示牠乞憐的神態，媽，卻連看也不看我。

有一晚，吃過了晚飯，碧霞已經回家了。偌大的房子裡，只有我們母女，我母親也不催促我上床，只顧坐在梳粧檯前，擦著粉；我的心都縮緊了。

「媽，妳要出去？」

「我就在家，等一下洪叔叔有事要來。」

果然他來了，穿著淺藍色的夏衫和白色挺直的長褲，他和母親在大廳裡坐了好久，低聲地說著話，我躲在門後偷看，卻看不出什麼，只看到母親淺淺的笑容；我想偷聽，卻什麼也聽不到。

後來，我母親忘了她不出門的話，竟沒有對我說一聲，就和洪叔叔出去了，我決意跟蹤他們，心裡卻砰砰地跳。

他們走得好慢，我跟得好不耐煩，後來才發覺他們原來是往車站的方向走，我幾乎暈了過去，原來他們要坐火車走了！

幸好那只是一場虛驚，鐵道邊的空地上，有一堆由貨車卸下來的鋸木，他們就坐在一根長長圓圓的鋸木上，他們靠坐在一起，臉也靠得好近，那洪叔叔竟握著我母親的手！

我不想再看下去，就走回家了，但我一點都不想進屋子裡去，只坐在院子裡的鞦韆上，來回地搖盪著，輕輕地哭著。

後來哭得無味，又一個人摸索著走回火車站去探望，洪叔叔和母親仍坐在老地方，我百無聊賴，就沿著鐵道，踏著枕木，一步一步地往學校方向走，沒多久，就看到了一郎叔店裡的燈光，我走了過去。

一郎叔和一郎嬸在外面乘涼，他們看到我赤著腳，滿身的灰土，和烏黑的臉，嚇了一跳，一郎嬸忙進去拿了一張凳子給我坐。

「這麼晚了，還出來？」他問我。

「好熱，不想睡。」

我是砍了頭也不會把媽出去散步的事洩露出來的，我在一郎嬸旁邊坐下來，躲在暗黑裡，看著他們。我看了半天，才發覺一郎叔一直在揮動扇子，但並不是在搧他自己，是在搧他太太。

「你不要再搧了，外面又不熱。」一郎嬸看著我，有點不好意思，一郎叔只說，「這麼熱的天，誰不滴汗？」他的手仍不停地揮動著，她拿過來身旁茶几上的一顆文旦，開始剝，她給了我一片，也給一郎叔一片。

「好甜，妳吃吃看，」一郎叔說著，就把吃了一半的文旦塞到他老婆嘴裡。

「紅姑，要不要再吃一片？」她問我。

我一點都不想吃，就拒絕了。

「阿瓊，」那是一郎嬸的名字，「妳該去把頭髮燙短一點了。這麼熱的天，妳的後頸會長痱子的。」

「你不是喜歡我留長頭髮嗎？」

「喜歡是喜歡，」他說，「冬天再留吧。」

「到了冬天留不長的，我梳起來好了，等天涼了，再放下來。」

「要不要留兩條辮子？和妳小時候一樣？」一郎叔說。

她笑了。「三十幾歲的人了，怎麼還能梳辮子，我就梳個髻算了。」

「梳頭髻好難看，像老太婆。」

我聽到他們的話題老是在一郎嬸的頭髮上繞圈子，覺得好無味，就起身要走。一郎叔忙站了起來，要去牽腳踏車載我回家，但是我不肯，只向著鐵道那邊跑去。

那鐵道無休無止地向前伸展，我也不加思索地踏著枕木一步一步向前走，後來看到鐵軌跨過一座橋，橋下是好深的溪澗，我膽怯了。想了半天，只好往回走。到家時，已經好累，眼睛都睜不開了。

媽已經回來了，已經洗盡了脂粉，首飾也都拆下來了，只見她蒼白著臉，坐在我的床上。

「妳到哪裡去了？讓我好擔心。」她的語氣並沒有責備，只有焦急。

我說不出話，只撲倒在她懷裡，放聲大哭，哭得死去活來。她也不叫我止住哭，只摸著我扭結成一團的亂髮。

「媽媽對不起妳。」

那一晚，她只說那麼一句話。

從此，洪叔叔沒有再來過，我的母親也不戴首飾了。

我問她，「妳那串真珠項鍊很好看，怎麼都不戴了？」

她說，「家裡現款老是不夠用，我已經把所有珠寶都賣掉了，那些東西，留著也沒用。」

那一夜的出走和痛哭，使我得回了母親，也哭走了她的幸福。多麼自私、無知的女孩！至今回想，仍使我扼腕。

八歲，是個稚弱的年紀，但我已經懂了許多，我感覺出母親對我的態度改變了，以前，她總是對我淡淡的，帶有一點兒不耐，我在她面前，也總有幾分的不自在。

但是她變了，我感覺出來的，她對我無微不至，她心裡只有我了。一隻醜小鴨，在她的心眼裡，變成了天鵝。

我一頭黃髮，常是散亂的，如今變得光亮整齊。

我的衣服總是纖塵不染。

我的腳也不再長瘡，總是鞋襪俱全。

每天早上，我的母親總監督著我的刷洗早讀，我的臉雖平板無奇，卻不失乾淨光潔。

母親，好關心我的課業，常常到學校找老師，常常帶禮物去老師家。

我抗議了，「媽，不要再送東西給老師了，多丟臉！」

下雨了，颳風了，她不再叫碧霞到學校去接我，她總是親自冒著風雨去。我記得，她在教室走廊外，蹲下來，低著頭，為我穿上雨鞋時，我一手搭在她肩上那種暖暖的，幸福的感覺。

我好愛我的母親。

※　※　※

我喜歡讀書，考試老是拿一百分。一郎嬸看著我的考卷，總驚異不置。她說，「哪有這種孩子？老是得一百分。」

一郎叔高興得咧著嘴笑。

但是三年級，我只得了第二名，四年級，學期結束了，成績單發下來，我竟又是第二名。

媽說，「怎麼老是拿第二名；誰是第一名呢？」

「就是姓陳的那個壞孩子，他好笨，算數常常做錯了。」

「不要緊。妳升了五年級以後，就不和男生同班了，老師也沒得重男輕女了。」

可惜事情並沒有那麼如意，我不巧和津津同班；她是個小美人，不但活潑，外向，善於言辭，而且很懂得結交朋友。每年一度的演講比賽，她總代表班級，然後代表全校參加。在縣裡比賽，她總拿冠軍。范老師一提起她，總是眼睛發亮。

我不喜歡范老師。他是個臉紅紅的，眼睛大大的，身材小小的年輕人。

有一次，母親去參加母姐會。回來時，一臉的黯淡。

「老師說了我的壞話嗎？」我問她。

「他說妳很用功，很聰明的，成績是全班第一。但津津是班長，又替學校爭光，所以她是冠軍，應該排在第一名之上。看來妳今年又是註定拿第二名了。」

我們母女倆好灰心，只好耐心等待著那一學年的結束。

六年級，我們換了蘇老師，我很喜歡他。但是津津似乎是高高在上的女星，別人沒有與她競爭的餘地。

我在灰心之餘，變得心高氣傲了，變成了一個自掃門前雪的女孩。蘇老師很疼津津，卻也不討厭我。但他要我幫他倒茶，我假裝沒聽到；他要我幫他改卷子，我不肯去；他要我當風紀股長，我推辭不做。他也對我無可奈何。

有一天，我算數考垮了。那蘇老師好像抓到機會似地，我每錯一題，他就打我一記耳光。打了十幾個耳光，我的一邊臉都腫了、歪了。別的女孩子，挨了一記耳光，就淚流滿面。我豈是那種撒嬌愛哭的女孩？我一滴淚也沒有。

散了學，我到一郎叔的店裡去，他看到我那一副狼狽相，大驚，忙問我是怎麼一回事。

「蘇老師打的。」我說，「他打我的時候還咬著牙根呢。」

他把我帶到廚房去，對一郎嬸說，「阿瓊，妳看，蘇老師把我們紅姑打成這個樣了！他能算好人，他也會這樣打自己的孩子！」

一郎嬸眼眶都紅了。

「妳去拿塊布來，包了冰塊，讓她壓在臉上，等消了腫，再回家吧。不然她媽媽看了會傷心。」

但我母親還是知道了，她哭得好傷心。

「他是妳的老師，我們不能得罪他。他偏疼津津，我也不能說什麼。只能靠妳自己用功，將來爭一口氣。」

現在回想起來，才看清楚了，母親也是有私心的。她偏疼女兒，因此沒有看出，也不懂得更正我性格上的缺點。

六年級下學期，蘇老師仍本著教誨之心，要我當文化股長。當文化股長的學生，每天要寫班級日記，但是上了半個學期的課，我還沒有做過半點文化股長該做的事。

一天中午，蘇老師向我要了班級日記去查閱。他打開一看，發覺裡面一片空白，頓時氣得臉色發青。

「妳這麼自私，我不希罕妳在我班上。妳給我出去！」

我並不加理會，就跑到外面看同學玩躲避球。後來我一眼瞥見蘇老師離開教室出去了，就馬上衝回自己的坐位，收拾好書包，頭也不回地奔回家。

媽正躺在涼椅上看書，一看到我，嚇慌了，以為我又病倒了。

我說，「蘇老師把我趕回家的。」

媽抱著我直掉眼淚，認為天下的人，都把她女兒看扁了。

沒多久，一郎叔神色匆匆地跑到我家來。

他說，「紅姑不見了。蘇老師派人到處在找她，還要我趕來通知妳。」

我母親淡淡地說，「我女兒在家。請你告訴蘇老師，安寧今天不回學校上課了，如果他能儘快安排好讓安寧換班，我是很感激的。」

但是蘇老師並不希望我換班，反而親自到我家來，向母親道歉。

第二天早上，我很早就出門，卻不去學校，只在街上逛著，等太陽都升得老高了，我才晃進了教室。蘇老師早就開始上第二節課了。本來遲到的學生都要在教室後面罰站的，我吊兒郎當地站在那裡，挑戰似地看著蘇老師。他只說，「妳坐下吧。」

我以為他早就對我心灰意懶了；但是他仍舊想和我妥協。有一次他說，「林安寧，妳上星期寫的那篇作文很好。這裡有幾張稿紙，妳抄一抄，我可以貼在佈告欄上。」

我一向懶得謄寫的，他只好拜託別的同學代勞了。他拿了我的考試卷讓班上的人傳閱，還說，「你們看，林安寧不但得滿分，而且字寫得那麼整齊、漂亮。妳們都要向她看齊。」

我只板著臉，看著窗外的天。

他說，「林安寧，等一下散學，妳到辦公室來幫我改考卷，好嗎？」

我懶洋洋地看著他，只說，「好吧。」

但是一散學，我就提了書包回家了。

畢業典禮時，津津是第一名，縣長獎；我是第二名，鎮長獎。我上台繞了一圈，領了一盒獎品又下來。一眼瞥見蘇老師眼睛裡有淚光。我咧著嘴對津津說，「蘇老師是個婆婆媽媽的男人。」

中學放榜那天，蘇老師騎了車跑到我家來，他一臉的興奮。

他說，「安寧考中了，是第二名！」

我也被感染了一份欣喜。但母親只說，「她老是拿第二名。好在考試卷上沒有貼照片，不然我還會以為批卷的人看她不順眼，硬是不肯讓她拿第一名呢！」

蘇老師和我都知道她在諷示他的不公平。可歎的是，我當時不知什麼是尊師，什麼是感恩，而母親也盲目地袒護著女兒。等我們回想往事，心裡充滿了歉疚時，已經是幾年後的事了。但願蘇老師早就淡忘了那一段不愉快的經歷。在那一知半解的年歲裡，我自認為受到了很大的委屈，津津長得可愛，為人八面玲瓏，她總是笑容滿面，又熱心公益。她受老師的寵愛，原本是很自然的事，只是我想不開，我心裡有解不開的結，總以為老師嫌我長得不出色，才虧待我。久之，那意念竟在心裡生了根。我竟有了醜小鴨的自卑心理。

我看到長得俊俏的女孩就有了傾慕之心，就不免心裡感嘆著自己的平凡。

在我考上初中那一個夏天裡，我和住在後院小巷裡的一個女孩子混得很熟。她的父母都是踩三輪車的；家裡的四個弟妹全由她照料。那時我已經十二歲，不好意思再爬牆，每天都要繞了很大一個彎，由巷口進去。

我每天到她家，幫她照顧小孩。起初我母親並不說什麼，但後來看我去得太勤了，就說，「以後不要再到美江家去。」

「為什麼？」我很不以為然地問。

「先告訴媽，妳為什麼喜歡跟她玩？」她反問我。

我想了好久，才說，「她好漂亮。」

「妳們在一起都玩些什麼？」

「也沒玩什麼。我幫她看小弟、小妹。」

「那些小孩呢？有沒有玩具？」

我不禁笑了。他們家怎麼會有玩具？幾天前，我帶了一隻破舊的布娃娃給她大妹玩，她把那堆破布當成了寶貝。

我說，「那些小孩，只在地上爬來爬去。」

「她家乾不乾淨呢？」

美江家好髒，尿片、換洗的衣服丟滿一地，碗筷也不按時收拾，特別是大熱天，她家廚房有一股酸臭味。

我只好照實說了。「媽，她家好亂。」

「她爸媽呢？妳見過他們沒有？」

「她媽媽很瘦，好像有病，臉色好黃，每次回來，就躺在床上。她爸爸很壯，但是兇得很，常常會踢她和她大妹。」

「為什麼要踢美江？」

「不知道。他老是發脾氣。」

「他一定常常說粗話的？」

我想了想，不覺笑了。「他好像一開口就說粗話，有好多話，我以前都沒聽過的。」

「美江呢！她也說粗話嗎？」

「她弟弟、妹妹不乖時，她才會用難聽的話罵他們。」

「聽說她爸媽天天吵架。這樣的家庭怎麼會有活潑、聰明的孩子？而且她爸爸滿口粗話，妳現在聽不慣，可是在她家混久了，說不定妳就不在乎了。誰知道呢，也許妳將來會不自覺地把粗話說出來了，還不懂得羞愧呢！」

我驚慌地瞪著母親看，卻無言以對。

「而且她家那麼髒亂，太不衛生了。妳一向多病，隨時會被感染上的。不要說在她家吃東西，單是妳渴了，喝一杯水，我都不放心。」

美江家，蟑螂真多。有一次，她把飯碗裡的一隻蟑螂捏死了，就順手把死蟲丟在垃圾箱裡。那隻碗，她也沒洗，就倒了水給她弟弟喝。

而我母親，是很愛乾淨的。她連街上小吃店與麵攤的食物都不沾嘴的，如果看到美江的家，一定會作嘔。

「妳想一想看，再過幾天，妳就要到嘉義上中學了。美江呢，她什麼地方也去不得，這當然和她的環境有關係，也怨不得她，但是我相信即使有人要出錢供給她讀書，她也會放棄的。她沒有那麼高的智力，她沒有那份能耐，沒有一點上進的心，妳知道嗎？她在班上的名次是倒數過來算的。妳們怎麼能做朋友呢？」

「她要照顧弟妹，哪裡還有時間讀書？」我為美江辯解著。

我母親搖著頭說，「美江隔壁姓李的那一家，也是踩三輪車的。他的大兒子，不但乖，而且肯上進，初中考上了台中一中。去年還被保送，進了台大電機系。妳要是交上李家那麼乖的孩子，我怎麼會反對呢？」

後來，我高一時，美江和一個鐵路工頭私奔了。

母親說，「她不是一個好女孩，人長得漂亮，反倒害了她。」

我說，「真是應了紅顏薄命的說法。」

母親笑著說，「妳懂什麼。紅顏的人並不一定都會薄命。大都是因為外表長得好的人，不是太粗俗了，就是太自傲了，只以為外表出眾，也就是高人一等的意思；還有那些長得好看，心智卻粗俗，低賤的；她們靠外表，引來了一些追求的人，她就迷亂了，容易受誘惑了，就墮落了。這樣的女孩，怎麼會幸福呢！」

只是剛考上初中的那一個夏天裡，我什麼朋友也沒有。母親又不肯讓我和美江在一起，日子變得靜悄悄，慢吞吞的。

終於夏天去了，秋天來了，學校開學了。我成了通學生，每天奔波於斗六和嘉義之間。那時班上五十幾個女生，大部份是嘉義人，好像彼此都認識似的，總是成群結隊的玩。上課時，她們都很輕鬆自如，下課了，就像開同樂會似地叫鬧著。我只有旁觀的份。

每天清晨，我總得擠一小時的火車到嘉義，然後步行半小時才會到達學校。上課，吃中飯，又上課。散學了，我又得跋涉半小時，才能擠上火車回家。那是累人、單調而乏味的日子。

我說，「媽，我不要到嘉義去上學。」

母親也看出我的挫折和孤獨。

她說，「怎麼不找津津呢？妳們兩個在一起有伴，坐火車就不覺得累了。」

我瞪大眼睛看著她。津津？我的對敵？我以為母親恨津津。

她說，「津津人好和氣的，妳太孤傲了，應該向她學習。而且她人伶俐聰明，妳們在一起也可以討論功課。」

我們真的成了至交，我們成了形影不離的玩伴。在功課上，她是不如我的，但她肯下功夫，每天總是口裡唸唸有詞，不是背英文生字，就是背國文，她連數學也用背的。在那漫長的兩小時車程裡，她總是低著頭看書。我只望著窗外的景色，看厭了，就把眼光投到車廂裡的旅客，如果看到不順眼的，我就用刻薄譏諷的話，把那陌生人說得一文不值。

津津總說，「不要這樣損人。妳好壞。」

「誰叫他長得那副猥瑣的樣子。」

「我知道妳，總是用外表批判人。妳怎麼可以憑第一眼的印象來判斷一個人的好壞呢。」她總是一副道學樣子。

「妳長得那麼漂亮，不用怕別人批判妳，也不用怕別人把妳看歪了。」

「並不是每一個人都和妳一樣，只注重外表的。」

津津真的是很美，桃形的臉，圓大的眼睛，粉嫩的面頰，嬌小的身材，完全符合「小美人」的綽號。

我們天天在一起，同學就管叫我們「英雄與美人」。我雖被稱為英雄，卻是沒有絲毫的昂藏氣概，反而是津津處處照護我；她是大女兒，招呼弟妹慣了，也把我當妹妹看待了。對我的橫行霸道，總是怒目喝斥。她家是生意場所，我母親怕我去了會礙手礙腳，總是邀津津到我家來。津津愛吃甜食，我母親總吩咐碧霞做她愛吃的點心招待她。

我們都很愛唱歌，但是唱得荒腔走調，而且唱個沒完。媽總笑著說，「好難聽。」

我們也愛看電影。看了笑片，我們笑成一團；看了哀傷的片子，我們就大聲地、盡情地哭，總惹得坐在旁邊的人發笑。

那是一段歡樂的日子，是逃學、看電影、迷小說的日子。但是高一結束時，她家突然發生了變故。好像一夜之間，她整個人都變了。我至今仍不懂，一個天真，可愛的少女，怎會在那麼短暫的時間內，像老了十歲似的，變成了一語不發，怪里怪氣的婦人？

她悄悄地搬走了，我失去了她的音訊，直到我大三時，她突然又回來了。她說，「安寧，我還沒有忘掉妳，我就要結婚了，妳看，我把未婚夫都帶來了。」

我看著她，那柔柔的，充滿了笑意的少女早就不存在了。我看著她臉上粗硬的線條，沒有一絲少女的柔順。她的舉止笨拙而古怪，沒有一絲輕盈或優雅。她和我的好友津津，是判若兩人了。

我母親熱烈地招待她和她的未婚夫。他們走了，我只怔怔地望著天花板。

「安寧，有什麼好難過的？她都看得開，你還傷心做什麼？」母親勸解著我。

「但是，她為什麼要嫁給那麼醜陋的男人？」

「她是個聰明，懂事的女孩子，哪裡像妳？剛才妳那副懊喪的樣子，她一看就懂得妳心裡在想什麼，妳知道妳讓她有多傷心？她也不是不會挑一個瀟灑脫脫的男人，只是她家裡的經濟負擔那麼重，誰敢娶她？那個男人雖然長得不好看，但是妳也看得出來，他是真心對津津的。」

「可是他那麼難看，津津怎麼可能和他度過一生？」

「她不是說了嗎？結了婚以後，她的六個弟妹都要和她住在一起。那個男人願意替她承擔養育弟妹的責任，她還到哪裡去找一個比這個更好的丈夫呢！」

「媽，妳好現實，結婚是為了愛，怎麼可以談條件？」

「妳是人在福中不知福，妳怎麼不站在她立場，想一想？」

我曾站在她立場上想過，我想，我寧可自殺、挨餓，我寧可在貧困中掙扎，也不願嫁給那男人。我是個好傻、好自私、好浪漫的女孩。

我的母親費了多少心神要教導我，只是我總一知半解。她，對我存了多少的期望，只是我總不長進。她，也許一心盼望著我這隻醜小鴨有變成天鵝的一天，但我平板的臉，並沒有因為成長而增添了美麗的光采。我不知道她心裡是不是隱藏了許多的嘆息，和無可釋懷的失望？

但是自小，我對母親就充滿了依賴和愛。

上初中時，一群住嘉義的同學趁暑假到斗六來遠征。她們都是心直口快的，竟對我說，「妳媽媽好漂亮，比妳漂亮多了。」

經同學一提示，我才懂得用批評的眼光看母親。我驚奇地發現，她果然是漂亮的，只是我怎麼一直都不覺得呢？

後來我想通了。我從來不把她看成女人，她是我的母親。

我從小就感覺得出我的母親和別人的母親不同。我到同學家玩，總看到別人的母親不是忙著照顧小孩，就是忙著燒飯、洗衣服；不是衣冠不整，就是披頭散髮。而我的母親一向是素淡清爽的裝束。她每天一早起來，就梳洗乾淨，略施脂粉後才會出門買菜。她總說，「我不喜歡濃粧，但是擦點口紅，人就顯得有精神了。」她的頭髮也是梳理得烏亮光潔的。

她說，「不洗臉，不梳頭，讓人看到了不但不雅觀，而且不禮貌。」

別人的母親閒下來不是睡懶覺就是瞎聊天。我的母親從不說別人的閒話，從不搬弄是非。她除了少數朋友和親戚，是不和鄰居來往的。

我從來沒有看過別人的母親在看書。但是對我母親來說，看書和吃飯睡覺同樣的重要。我家有滿櫥的書，除了父親留下來的少數書籍外，全是母親的書。她的書，我一個字也看不懂，全是日文的。

有一天她在前廊看著一本好厚的書，我無聊得很，就坐在她旁邊，看她一頁一頁地翻過去。我母親被我看得心慌，就說，「媽喜歡看書的，不能老是陪妳。嘉義女中的圖書館一定也有不少書，妳怎麼不去借回來看？」

「媽，妳那本書寫些什麼？」

她有點難為情地說，「我並不是看什麼深奧的書。這一本是一個法國人寫的小說，叫『悲慘世界』，妳也聽說過吧？」

我搖搖頭：「那麼怪的書名，為甚麼要說是悲慘世界呢？」

「世界那麼大，各色各樣的人都有。每個人都有不同的境遇。對人生、對世界的看法就不同了。有的人會說這是個歡樂世界，有的人卻覺得這世界好悲慘，但大部分的人都是有悲、有喜的。人生的苦樂也就很難劃個分明了。」

「媽，妳說呢？」

她微微地笑了，平靜地說，「我早就認命了，昨天那個算命仙被我趕出去了，我還要他算我的命嚒？」

我的母親是不同的，到了初中以後，我才懂得欣賞她。

我的一個好友，很爽直的，她說，「妳媽媽又漂亮，又風趣，你怎麼一點都不像她？」

我也無可奈何，只嘆著氣說，「有什麼辦法，我長得像爸爸。」

我的母親自幼境遇淒涼，但她守口如瓶，等我得知時，卻使我感受了多大的驚異和憐惘，也分嚐了她當年的悲痛。

但許多事，都不是一個混沌的女孩所料想得到的。

※　※　※

初一時，我對功課鬆懈下來了，心寬體胖的，別的功課還可勉強混過，數學就不行了。結果得了紅字。

母親急得寢食難安，我只埋怨數學老師不負責，教學方法有待改善。

有一天，母親的同窗蔡阿姨到我家來。

她說，「安寧是個小才女呢。書讀得很好吧！」我難為情地說，「數學不及格。」

她大笑。衝著母親說，「數學女巫的女兒，數學不及格。」

我也不禁笑了。原來母親的綽號叫「數學女巫」。

蔡阿姨說，「再怪、再難的數學題目也難不倒她。妳母親是我們班上第一名呢！」

我看著母親，心裡好快樂，好驕傲，也有點難過——難怪我數學不及格，她直嘆氣；難怪我得第二名，她總是不甘心。

我暗地裡對自己發誓，一定要拿第一名，免得她老覺得我這女兒沒出息。

下了決心，但要實行卻不是那麼容易的事。

我每天通學，來回奔波，身體反而健壯了許多，也不再生病了。可是我每一學期都請了好多病假，那都是缺課貪玩的紀錄。

上午的課，我從來不缺席的。但一吃過便當後，我就不安份了。總是偷偷地從邊門溜出去，到電影院泡一個下午；有時候一個下午連趕兩場電影，有時候我乾脆就背了書包坐火車回家。媽看到我，從沒有一絲驚奇的神情，她只問，「怎麼又蹺課？」

「沒興趣的科目，留在課堂裡只有活受罪。」

她似乎覺得我的理由很充足，從不責備。

但一郎叔就不那麼瀟灑了，他總擔心我功課趕不上別人，我找他瞎扯，常把學校的事搬出來講給他聽，我喜歡替老師取綽號，喜歡學老師的談吐和舉止，自認為學得維妙維肖，一郎叔總是禁不住要發笑，卻又罵我沒規矩。

一郎嬸常對我說，「妳這麼不用功，怎麼對得起妳母親？」

但是我母親並不在乎我的懶散，所以我根本沒有自責的必要，我總覺得，與其坐在課堂裡打瞌睡，虐待自己，不如看場電影，或睡午覺，或看小說，或者和一郎叔聊天，有趣多了。

後來我問母親，「中學時代我常蹺課，妳怎麼都不罵我？」

她說，「妳的心性，我摸透了，我越是管妳，妳越想反叛的。所以我就讓妳逍遙自在，我知道妳好勝心很強，絕不會真的丟下功課不管的，妳想反抗，我偏不當武則天。」

我母親最喜歡提武則天，她說武則天是女暴君，學不得的。

我喜愛嘉義女中，我喜歡它的寧靜，我深愛它日式的校園，也不反對它不寬不嚴的校風。只是在那裡讀了六年書，拿了十二次成績單，卻沒有一次是滿意的，每一次成績單發下來，我心裡就發緊，眼眶就堆了一把淚。

母親看到我一副落魄相，只笑著問，「妳的成績單，要不要讓媽看一看？」

我總有無比的羞愧，總是搖搖頭。

她會拿出鑰匙，打開了文件櫃，把她的圖章交給我。

「既然不讓我看，只好妳自己蓋上圖章了。」

我總是一邊蓋印章，一邊掉淚，一邊發誓，要好好讀書。但是學期開始不久，我的決心就開始動搖了，那羞慚之心也漸漸淡了。

有些科目，真是令人厭煩得想哭，我只好又過著逃課的日子。中學那六年，我不知看過幾百場電影，也不知受一郎叔多少的責怪。只有我母親，總是不在乎，我替她在成績單上蓋了十一次的印章。是怎樣氣度寬宏的作風！

只有一次，她表明了她的心意。

高二的時候，我們的導師不辭勞苦，遠從嘉義跑到斗六來訪問學生家長。我母親和她談笑風生，兩人很投緣的樣子。

臨到老師快告辭了，母親才不經意地問，「老師，妳看安寧考大學有沒有希望呢？」

我那老師，躊躇了半天，才說，「考上私立大學，該不會有問題吧？」我母親也不再多問。但是老師一走，她的臉就沉下來了。

「妳該知道吧？如果考上私立大學，我是沒有錢讓你去唸的。」她說，「妳可以去當女工或者賣布的店員。」我被她嚴厲的神色嚇糊塗了，竟不懂那只是威脅的話，立時就想號啕大哭。

她竟微微笑了一下，「妳要是不想當女工，我就替妳找個婆家，早早嫁出去。」

第二天，老師對我說，「妳媽媽好風趣，又那麼開通，妳真是個幸福的女孩子。」其實她不說，我也知道的，我母親平日端莊、沉靜；有訪客時，她很幽默而健談。但是她發怒時，不罵我，不打我，不看我，她忽視了我的存在，她使我有飄浮失落的感覺，我怎麼有勇氣使她發怒？

我真的是痛下決心，苦拚了一年。母親也總是陪我讀到深夜，替我到夜市買點心，帶我到藥房打補針，完全是一副臨陣磨槍的作風。但效果奇佳，我竟擠進了最高的學府，考上了國立大學！

母親的笑容，再也抹不掉了。她知道我醉心音樂，就花了一萬多塊錢，買了一個電唱機給我，一郎叔為我放了一串鞭炮，還送我一只好沉重，好土氣的金戒指。

我問他，「什麼東西不好送，怎麼送金子？」

他說，「妳要出遠門，萬一發生事故，需用錢，妳就把戒子變賣，總可以救救急。」

一郎叔從來沒有到過台北，他以為那是在天的另一邊。

我母親說，「妳去買一盒香腸送蘇老師吧，沒有他，妳連中學都考不中。」

我心裡好彆扭，卻不敢違拗母親，只好騎著車走了。蘇老師家住得很遠，到了他家門口時，我已滿身大汗。

我並不急著敲門進去，只站在門外擦汗，突然間，我心裡一陣恐慌，要是他不認得我了，怎麼辦？

他早就桃李滿天下，怎麼還會記得我這麼一個不起眼的學生？萬一他仍記得我，那就更糟了，我使他受盡了氣，卻始終沒有感恩之心，如今只是更無顏見他了。

我在他家門外站了好久，始終鼓不起勇氣敲門。平日倔強蠻橫的我，如今卻如此心虛和膽怯！

我悄悄地把車子掉過頭，就沿著原路回到鎮上。經過一郎叔的店，我就進去了。

一郎嬸在廚房，我說，「阿嬸，這盒香腸送妳。」

我掉頭想走，她卻叫住我，「妳等一下，我替妳縫了一件洋裝，妳來試穿看看吧。」

我穿上了，不合身，顏色也很土氣的。

她說，「明天來拿吧，我晚上把裙緣縫上，就好了。」

我出來時，一郎叔正在削甘蔗，他說，「紅姑，妳有沒有到妳父親墳上去祭拜？」

我怔怔地看著他，不知如何回答。有生以來，我從未到過墳場，也不知道我父親埋葬的地方，更沒想到要去祭拜他。小時，倒很想他，常夢見他，雖知道是不可能的事，但總希望能見他一面。後來漸大了，衣食不缺，母親又那麼疼，我只覺有個母親儘夠了，對父親的想念也漸漸淡了，到後來，父親竟只成了一個空洞的稱呼。

我本想坦白地告訴一郎叔我從來不祭拜父親的，但轉念之間，就改口說，「明天再去，我找媽媽陪我去。」

在回家的路上，心情好沉重，許多長久以來壓在心裡的疑問都湧上來了，為什麼母親從來不提父親生前的事？她為什麼連父親的冥誕也不上墳，也不祭拜？

回到家，母親問我，「蘇老師還認得妳嗎？」

「不認得了。」我低著頭回答。我撒謊的時候，總是沒有勇氣抬起頭來。

那天晚上，母親和我在前廊乘涼。

她說，「妳怎麼不敢去見蘇老師？」

「媽！妳怎麼知道我沒有去？」

「我看妳的神情就猜出來了。」

「媽，我把那盒香腸送給一郎嬸了。」

「妳該去見蘇老師的。我並不要求妳向他道歉，但是妳去了，總可以表示一點感恩的意思。那盒香腸，妳也不該送給一郎嬸的；他們夫婦好疼妳，把妳當作女兒看待，妳卻把送不出去的禮物拿去給他們，不但心裡沒有一點兒誠意，反倒讓他們覺得妳要疏遠他們了。」

我低著頭，心裡好難過。

「媽並沒有責備妳的意思，」她很溫和地說，「妳不要難過。」

「我不是為那件事難過，」我終於鼓起勇氣說，「一郎叔說我該上父親的墳，可是我連他葬在那裡都不知道。」

我母親，只輕輕地搖著扇子，好久都不說話。

「記得妳小時候嗎，我說的話，妳總是不懂。有許多事，因為妳還小，我就不提了，並不是不肯告訴妳，但是有許多事，有許多心裡的怨恨，告訴妳也沒有用，我也不提。前年，我們的鋸木工廠倒閉，被姓江的吃了去，但是我並不恨他，因為他是貪財無義的人。我們只遭受到錢財的損失，我是不在乎的。我的後母，對我好冷淡，從來不和我說一句話，但是我也不恨她，因為我畢竟不是她的女兒，她是個淺薄的女人，對她來說，後母恨前妻的兒女是天經地義的事，她哪裡有不恨我的道理！我借過皮鞋店老板的錢來用，他向我榨取利息，我也不恨他，只怨我不善理財，只怨我有一個沒出息的弟弟，我才入不敷出，才會受到他的剝削。我生平只恨兩個人，一個是我自己的母親。」

「媽，妳兩歲的時候，她就死了，」我很驚異地看著母親，「妳為什麼要恨她？」

「妳的外婆是五年前才死的，」媽很平靜地說，「我兩歲大的時候，剛學會叫媽媽，她就走了。她愛上了一個男人，就拋下我和我父親，跟那個男人走了。我父親當然不肯讓她把我帶走，她也不在乎，只說孩子只怕生太多了，不怕生不出來。

「只是她和那男人在一起幾十年，竟是一個兒女也沒有，我父親說那是報應，只是我並不這麼想，因為我是不信鬼神的，我總認為做人只憑良心，只要對得起自己的良心，即使有鬼神，他們也奈何你不得。

「妳沒有見過妳外公，他是個眼科醫生，外表長得很好，又有錢，只是我母親並不愛他。這也是無可奈何的事。後來我父親又娶了一個很難看的鄉下女人，和我母親完全不同。我父親竟很怕那第二個太太；我讀台南第二高女，她就很不高興了，總怕我把家裡的錢花光，她自己的兒子就沒得繼承了。後來我到日本去留學，才一年就被斷了財源，只好回家鄉。只因我父親受不了我後母的糾纏和抱怨，才要我停學的。我父親對我不錯，只是並不真疼我；也許他心裡是很關心我的，只是沒有勇氣表示出來罷了。他是個沒有立場、沒有主張的男人。也許就因為他個性軟弱，我母親才不愛他吧？」

「媽，外婆既然離家出走，妳怎麼知道她和妳的後母是完全不同的女人？」

「我看過她好幾次。我讀小學的時候，有一天下課回家，看到一個女人站在校門口張望。她一看到我，就僵直了；我也只瞥了她一眼就知道她是誰——我們母女長得真似同一個模子印出來的。我恨她入骨，看到她那一副乞求的神情，更是恨。我馬上跑回家，把經過情形告訴了父親。

「我父親派人去警告她，如果她敢再到學校去糾纏，他就要告我母親有綁架的企圖。妳知道嗎，在法律上，我母親已經放棄了她做母親的權利和義務，她只能算是個不相干的人了吧。

「可是我父親的恐嚇並沒有使她卻步，她仍是站在校門口，老是用那種神情看我。只是我怎麼會去睬她！後來她就不再來了。

「只是她一定很寂寞吧？也許她後悔年輕時的衝動了。我到台南唸高女時，她又去找我。我遠遠認出是她，就別過頭去。她的來信，我也不拆，就撕掉了。她託人告訴我，她只想好好見我一面，和我談談，我都拒絕了。年輕人，總是很殘忍、很自私的，只看到自己的創傷，卻沒有想到別人在滴血！我只恨她遺棄我，哪裡管她受到多少折磨！後來她就放棄了。我們母女打過幾次照面，卻沒有交談過一句話。也不曉得她的聲音是不是真的很悅耳。

「是我父親告訴我的。有一天，他突然對我說，我的母親聲音很動聽，只要聽過一次，就忘不了。可惜我沒有機會聽她的聲音。

「直到五年前，我才又看到她。妳還記得有一天我獨個兒到虎尾去嗎？我在那裡住了一晚，是碧霞留在我們家陪妳的。

「我到虎尾參加她的葬禮。那一天，靈堂裡人好多，擠得滿滿的。她的丈夫跟在我身邊，悄悄地把那些人的來歷告訴我。原來那些老一輩的，全是我母親第二度結婚後結交的朋友，那些和我年紀差不多的中年人，竟全是她生前領養的兒女。她一共領養了兩個兒子，四個女兒。她是兒孫滿堂了，只是擠了一屋子的人，卻只有我是她的親生骨肉，我聽到那些人大聲地哭號，自己卻一滴淚也掉不下來。只是，看她躺在棺材裡，突然間對她的怨恨都消了。我就回頭問她丈夫，有沒有多出一套孝女的喪服。他好激動，馬上請我到裡間去換上了。原來，我母親死前曾吩咐他多準備一套麻布衣服。她是希望我會去參加她的葬禮，為她披上孝服的。

「回來後，我為她戴了一年的孝。我常想，我們母女的命運是差不多的。她有一個男人愛她，可是唯一的骨肉卻不認她，我呢，有一個好女兒，卻沒有丈夫。」

我看不清母親的臉，只看到她手上揮動的扇子。我衝動地想撲倒在她懷裡，為她的命運慟哭。但是她那麼有韻律，那麼鎮定地揮動著扇子，哪像一個有恨、有悲的女人。

「至於妳父親，我也不恨他了，」我母親低聲地說，「妳真要去掃墓，我明天就帶妳去。」

「媽，妳為什麼恨他？」

她揮動扇子的手停了，雙手放在膝蓋上，靜靜地坐在那裡。夏夜裡，蛙叫，蟲鳴，不絕於耳。我屏息靜待著。

但我的母親只說，「那是妳父親和我之間的事，還是不要提吧。」

我本想申辯，本想說做女兒的有資格知道父母的事，但是我媽媽不等我開口，就悄悄地進屋去了。

※　※　※

我終於離開了斗六，把母親留在家鄉，自己上台北升學了。過了幾個月的大學生涯，我終於又整裝回家度假，心裡充滿了新生活的新鮮和情趣。

但一跨進家門，迎著我的是母親寞落的神情。我只覺她比記憶中的母親蒼老了許多。我為了自己的年輕自私而羞慚。我雖是為了求學才離家，但把母親一個人丟在家裡，也不知她如何度過日夜孤寂的日子？

「媽，把房子賣掉吧？」我懇求她，「和我一道上台北吧？」

她卻搖搖頭，「我已經住慣了小鎮的生活。台北一定很喧鬧、繁華吧，我是不喜歡吵雜的，況且妳是獨生女，一向被我寵慣了，也不懂得合群和容忍別人的習性。妳應該多體驗團體生活，學會適應別人的習慣的。我以前也住過宿舍，那實在是很難得的經驗，很有趣的。」

「但是妳自己住在那麼大的房子裡，也沒有個伴，我不放心。」

我母親在我上台北後就把碧霞辭掉了，她說只有她一個人，何必又要另一個人來服侍？她說，「妳不懂我的心性，我是寧願孤獨，不願吵雜的。我每天早上，吃過飯就坐在前廊，看看書，看看前院的樹。我還可以聽到雞啼，有時遠，有時近，遠近互相呼應著，那種鄉村的情趣，那種寧靜，到哪裡去找？況且我在這屋子住了二十多年了，還走得開嗎？」

我母親珍惜鄉鎮生活的靜謐之美，這是我浮躁的心性無法領會的，所以我仍想說服她北上。

「媽，大學生活雖然有趣，但是我好想家。妳去了，我就不會那麼難過了。」

「我也是嚐過離家和想家的痛苦的。我第一次離家時，才十二歲。我父親把我帶到台南後就回去了。我卻緊跟在他後面，坐了火車回家，所以妳可以想像我當時被丟在一個陌生地方的心情和恐慌。我父親又把我帶回台南，還威脅我，如果再逃回家，他就不讓我進門了。我這才安頓下來的。但是剛入學那一段日子，好孤單，什麼人都不認得，也不敢和別人交談，只怕那些打扮入時的，談笑自若的同學會笑我土裡土氣。

「我父親很有錢。我到台南去時，他給了我不少錢，只是我根本不懂得花，所以有一天趁同學不在，我就偷偷地拆開了被角，把我的錢袋縫在被子裡了。從此我安心了許多，每晚上床，我總要偷偷掉淚，但一摸到被子裡的錢袋，心裡就安定了許多，後來朋友交多了，功課又順利，竟忘記了那包錢袋的事，直到有一夜，我突然想起了那袋錢，摸了半天，再也摸不到了。我拆開了被套，卻也找不到。至今，我還搞不清那些錢到底是被偷了，還是散落在被子裡。不過那時我已經不需要那袋錢的安慰了。妳現在這麼大了，一定比我更容易適應新環境的。」

我回斗六沒幾天，我家就來了一個戴眼鏡的訪客。他是跟在我腳跟後面來的。

我的母親眼睛發亮，笑容滿面，談吐詼諧，她買了各樣點心，燒了精緻的菜招待他。

他成了我家的常客，我的累贅。

「媽，妳何必對他那麼好！」我埋怨了，「他不會是妳未來的女婿。」

「媽可以看得出來，他家教好，人又老實，又聰明，長得也比妳好看，他哪一樣不如妳了！妳為什麼要嫌他？」

「我就是不喜歡他。」我皺著眉，不快地說。

「他好喜歡妳的。」媽溫和地說，「妳也不討厭他吧！妳只是使性子，耍小孩子脾氣。」

我想了很久，卻無法肯定自己的心思，我說不出到底喜不喜歡他，但我不為他沉醉、著迷，倒是不容否認的事。

媽一點都不灰心。她說，「妳才十九歲，還早呢；妳會越來越喜歡他的。」

為了母親，我繼續和他往來。

我去找一郎叔。他看到我新燙的頭髮和花花綠綠的衣服，才恍然大悟，我已經長大了，已脫離了穿制服的日子。

「紅姑，妳真的是個小大人了。到裡邊去讓妳阿嬸看看妳。昨天晚上她還在掛念妳呢，她說好久沒看到妳了。」

一郎嬸沒有休閒的時候，她正在剝花生，我知道她常用花生燉豬肚給一郎叔吃，說是滋補的。

我看著她，她的眉頭深鎖，我嚇了一跳。

「阿嬸，我來看妳了。」

她眉頭的結一下子解開了，滿臉的笑，她要我留下來吃晚飯，但我拒絕了，因為母親等著我回去。

我看到她花一般的笑靨消失了。她突然說，「紅姑，妳替我看一下，我後頸到底是長了什麼東西。白天裡不覺得怎樣，但是晚上一躺下來，就痛得睡不著。」

我撥開她的頭髮，看到她的肩膀正中有一個白色的瘡頭，周圍都紅腫了。

「是不是被毒蜂或蚊子咬到了？」我不安地問。

「我也不知道，」她說，「已經快一個月了，也不見好。」

「一郎叔怎麼說呢？」

「他不知道，這麼小的毛病，讓他知道了，他也會吃不下，睡不著的。」

「妳還是找個醫生看一下。」我說。

她點點頭，「明天我就去找個中醫替我貼藥抽膿。」

我就告辭了，她送我出來。

「阿瓊，妳說我們的紅姑像不像大人了？」一郎叔看到我們，就開心地笑著，「妳要是找到了妳喜歡的男孩子，一定要帶來讓我們看看。」

我笑著答允了。

第二年暑假我又回到斗六，但是我們的祖屋，我那深藏在果樹和花樹後面的家，已失去了寧靜的氣氛，我一踏進門，就聽到了孩子的喧鬧聲。

「媽，是怎麼一回事？」

母親不安地笑了。「妳也知道的，我向來不會理財，這二十年來，我要是現款不夠用，就去借來補貼。去年年底那個鞋店老板說我的債務已經超過我的資產，所以非要我賣掉所有房子，還清他的債務不可。其實我也沒有借多少錢，全是本加利，利息又變成本金，越滾越大，他竟操縱了我們的不動產的所有抵押權，我只好聽他指揮，賣掉所有房產。我們的鋸木工廠已經被姓江的吞了去，田產我早就送妳舅舅了，房產是今年初賣掉的，我們現在已經沒有收入了，是陳律師建議我把祖屋出租的。反正家裡只有我一個人，妳假期回來，我也留了一間讓妳住，其餘的房間都出租了。現在家裡是吵雜一點，但是平常也有伴了。」

母親雖這麼說，但我看得出她的煩躁不安。只有那戴眼鏡的男孩來訪時，我的母親才恢復了她往日的笑容和風趣。

他是替我提了行李回來的，他跟得越緊，我對他越冷淡。母親曾說，我會隨著時日的增長，更加喜歡他的。事實上，並沒有如此的稱心如意。他來了，我不欣喜，他走了，我也不懷念。

有一天，我對鏡自照，一陣失望湧上心頭，我覺得這世界是沒有公平的存在，為什麼有的女人天生的嬌美，人見人愛，而我卻長得那麼平凡，那麼令人洩氣！

母親在一旁看著，溫和地說，「為什麼嘆氣？」

「我長得好難看。媽，妳為什麼把我生得這麼難看！」我有一點無理取鬧地對我母親抱怨著。

「妳長得很可愛的，妳自己有眼睛，也該看得出來。只是算不上美人而已，妳想想，不曉得有多少女孩，如果能有妳的外貌就心滿意足了。妳還期望什麼呢？妳要長得像花，像月亮，被人愛慕，被人歌頌嗎？這不是太幼稚了嗎？妳那麼聰慧的女孩子，照說要看得開才對，怎麼反而天天都為了外表不稱心，就哀聲嘆氣？愛美是人的天性，但是別人懂得欣賞美，卻也知道美麗的東西都是不能持久的，都是過眼雲煙似的，但是妳就忘不了，老是記掛著，總是為美麗的外表着迷。懂得欣賞美，該是一種美德；但是妳太注重了，就成了性格上的缺點。」

「忠勇呢？他老是來找我，是不是他不在乎我的外貌？」

媽有點不耐地說，「我那麼喜歡忠勇，就是因為他懂得欣賞妳，妳的好處，妳的優點，妳的可愛他都看出來了，他是真心真意待妳的，妳反而懷疑他了，只因他比妳成熟，不像妳那麼膚淺，只因他心性超越妳，他的智力也高妳好多，他才懂得怎麼去容忍妳的冷淡，妳怎麼不懂得珍惜他的真誠？」

被母親數落了一頓，我心裡好委屈，就在床上哭了一場。但是，我聽信母親的話，對他和善多了，總是笑臉相迎，我是下決心要喜歡他的，所以把他帶到一郎叔的家。

一郎叔的笑臉，像漣漪，一波一波地散開了，他把忠勇看成了未來的女婿，唯恐招待不周似的，一郎嬸也熱烈地招呼著，忠勇有受寵若驚的感覺，臉都紅了，尷尬地微笑著。我只幸災樂禍地看著他。

然後，我到廚房去，偷偷地問一郎嬸，「妳的疔瘡好一點沒有？」她噓了一聲，說，「不要讓妳的一郎叔聽到，我敷了藥以後好多了。」

我放心了。但是在回家的路上，忠勇說，「妳的一郎嬸是不是有病？我看她神色不太對。」

「你這個江湖郎中，才見她一面，就亂診病了。」我笑著他；一面卻解釋道，「她的頸後長了一個疔，已經好了。」

但是我錯了，第二年年初，當我正在忙著期末考時，她去世了。

母親怕我的課業受影響，不敢把惡耗告訴我，但她代表我去參加了一郎嬸的葬禮。我回家過年時，才得知她去世的消息，我只把行李一丟，就騎著車，奔往一郎叔的家。一路上，我的視線都被淚水遮住了，黃昏裡，只覺眼前是迷茫的一片。

想不到糖果店是開的，但裡面卻是靜悄悄地，我環視店面，終於找到了一郎叔，他蜷縮在角落的一張籐椅裡。

「一郎叔，」我輕聲呼喚著，怕驚嚇了他。

他不再是笑容滿面、袒胸露肚的粗漢子了；他竟是一臉的萎頓，連眼神都無法集中似的，他身上穿了一件厚厚的呢絨大衣，卻好像不勝其寒地抱著雙臂。

「紅姑，」他看了半天，才認出我來了，「妳的阿嬸已經不在了。」

我想安慰他，自己卻哭個不停，但是他並不哭。

「要不要陪我去看她？」

我望著門外遠遠的天色，已是黃昏，怎麼能上墳場呢？

「以前我們住在鄉下耕作，每天日頭下山了，別人都回家了，我總是在田埂上等她，等她來叫我回家。我最喜歡在日頭下山的時候看到她。」一郎叔說。

我也不再躊躇，只把冥紙和香燭，連帶幾樣果蔬都放進一隻竹籃裡，就和一郎叔出門了。

他，那時才四十五歲左右，也許衣服穿太多了，也許冬風凜冽吧？他竟是腳步蹣跚，一副龍鍾老態。

那個寒假裡，我每天黃昏都陪他去墳場。

但是等我暑假回家時，他已不在人間。

他的店，他送給了乞食伯。乞食伯就不再當鎮西國校的工友了。他把一家老小都接到鎮上來，住進了一郎叔的家。他那塊鐵道旁的綠油油的菜園，他給了我。

母親說，「一郎叔是自殺死的，死前，他去找王代書，把財產分給妳和乞食。人家只說他心細，哪裡想到他存了自殺的念頭！」

我哭倒在母親的懷裡。「他為什麼要自殺呢？」

「我只以為他是個粗漢子，人很豪爽的。沒想到，他那麼專情。阿嬸死了，他覺得活著沒意思，才跟著去了。其實他是很快樂的人，一生都沒有什麼波折，他死了，也是心甘情願的。」

「我也看得出來他們夫妻很要好，沒想到他竟為了她自殺。」

母親說，「他們都是純樸的鄉下人，保守得很，妳哪裡看得出他們的感情有多深。但他們很恩愛，我是知道的。一郎叔在斗六很出名，他為了娶阿瓊，鬧得全鎮的人都知道赤桐鄉有這麼一個人。後來和乞食打賭，整年不穿衣服，他更成了鎮上的人閒談的資料。」

「媽，把他結婚的經過告訴我。」

媽說，「一郎叔是個獨生子。他三歲的時候，他父母就買了一個剛滿週歲的養女回來。他們是老實人，也不虧待那女孩。後來她十五歲了，一郎才告訴她，他們不是親兄妹。那阿瓊好傷心，就半夜裡偷偷跑回她生母家。沒想到隔不了幾天，她又悄悄跑回來了。原來她親生父母兒女多，家裡又窮，看她回來了，並不歡迎，而且她對自己的親生父母實在沒有一絲感情的。在她的心目中，她的養父母才是她的親人。」

「一郎二十一歲時，阿瓊是十九歲。他向她求婚了，沒想到阿瓊竟拒絕，而且偷偷地跑回她生母家。那一郎也真絕，他一點都不氣餒，只跟在她腳後去了。就在她生母家門外的晒穀場上，對著大門跪了下來，還大聲說，『妳不跟我回去，我就不起來。』他在那裡下跪，引來了好多村子裡的人看熱鬧，他也不在乎，他很有耐心的，只是看熱鬧的人都看厭了，到了第三天半夜裡，阿瓊提了一個包袱出來了，兩個人就牽著手，一道回去了，沒幾天，他們就結了婚。從此兩個人再也不肯分開了。後來一郎的父母死了，他不願阿瓊繼續過農家操作的苦日子，就把田產賣掉，買下那個店舖。妳也看到了，他們結婚了二十幾年，事實上，在一起生活的日子有四十多年了，可是還不厭倦，阿瓊死了，他也要跟了去，現在兩個人都死了，但是誰來羨慕他們？」

是一郎叔的深情和一郎嬸的幸福，使我下了決心，等那戴眼鏡的忠勇再度上門來時，我拒絕見他。

母親勸解著，終歸無效。她灰心地說，「妳怎麼又翻悔了？」

「我只能把他看成普通朋友。」

「妳到哪裡去找像他那麼誠心待妳的男孩？」母親提高了聲音說，「妳還想望什麼？」我想望的是我的白馬王子。而他，無法引起我絲毫的柔情蜜意，他，無法使我心醉。

「我要找一個像一郎叔那麼深情的人，」我沉醉在白日夢裡，「我要找一個他死了，我也活不下去的人。」

母親只好放棄，我終於和那個戴眼鏡的男孩分了手。把他拋出了我的生活圈，我立刻就陷入了情網。我沉醉著，自認為已嚐到了愛情的甜蜜，我為著那一個神采飛揚的少年而著迷。

寒假裡，我把他帶回家。母親很和氣地招待他。他要走了，我卻掛著他的臂膀不忍放。我依依不捨地把他送出大門，回身進屋時，卻看到母親一臉的不屑。

「為什麼把那麼浮躁的男孩也帶回來了？」母親責問我。

「但是我好喜歡他，我們是寸步不離的。」我大膽地自我辯解著。

「妳沒看到他那一副顧盼自憐的模樣嚒，他真像一隻開屏的孔雀呢！那麼膚淺的人是不值得妳去費心神的，即使他現在願意和妳在一起，將來，妳也保不住他的。」

我有滿心的委屈，但是我如何抵擋得住母親冷冷的眼光？我終於放棄了他，幸好不到幾個月，我就把他淡忘了，心裡也沒有留下一絲陰影。

就在那一年的夏天，我們的家境變成了一堆爛泥，已經沒有房地產，也沒有田產可以變賣了，只剩下了一幢祖屋，而我的母親仍虧欠了將近五萬元的債務，我勸她把祖屋賣掉，然後和我一起上台北，但她仍躊躇著，總下不了決心。我想，她在那冬溫夏涼，紅瓦飛簷的祖屋裡住了二十幾年，早已深深愛上了它，要她放棄那房子，一定有割心般的悲痛吧。

母親還是在猶豫之中，事情卻又有了變化。一天，銀行派了一個人到我家。那人說他是代理一個客戶出面的，那客戶願以六萬元的高價，買下我家前院的地皮。

我母親像病入膏肓的人，卻碰到奇蹟而得救似的，一下子就恢復了元氣，滿臉笑容了；她心愛的房子終於保住了。六萬元是足夠償還剩餘的債務有餘了。

我們母女鬆了一口氣，互相慶幸著。但我也謹慎地思考了很久，終於下決心要找個家教的職位，不要每分錢都倚賴母親的供給。

回到台北後，我馬上找到了家教的職位，同時開始嘗試寫作。倒不是我有創作的靈感，而且寫作似乎和我攻讀的會計很離譜，但是我每天在家教和課業之餘，仍有過多的精力，仍有太多的時間無法排遣。寫作，成了我殺時間的武器。

室友芳芳說，「妳突然收斂起來了。是不是想念忠勇？」

怎麼會想念他！他不是那種令人迷醉的男孩。

那一年回家度假，我不再帶男孩子回去讓媽品評了。母親一臉的失望。

「妳找不到合得來的朋友嗎？」

我笑著搖搖頭，心裡隱藏著一絲報復的快意。其實在我的意識裡，能獨守空閨，了此一生，也是很羅曼蒂克的呢。

大四了，我冷眼旁觀，欣賞著室友們發亮的眼睛，和忍不住的甜甜的笑意。我竟有了尼姑般的情懷，只深居簡出，每天待在宿舍裡。

心裡常想起一些缺德的男生嘲譏女生的打油詩，「一年嬌，二年傲，三年拉警報，四年沒人要。」

畢業前的那一段日子是最徬徨無措的。心裡有說不出的愁，有解不開的結，有苦苦的滋味，我那時一心想出國深造，只覺得如果不出國，滿心的抱負都將成為泡影。不出國，就趕不上潮流，就落伍了。但是我怎能在畢業之後，毫不停留地拋下寡母，飛離故鄉呢？而且錢也是一大問題，我知道母親如今全靠一點房租過日，她怎麼有能力送我出國？

我本也期望畢業後，如果無法出國，至少也可以留在台北的。奔走了一個多月，終於找到了一份待遇優厚的工作。只是我又徬徨，母親一定很寂寞，一定盼望我回去。我是不能為了多賺錢，不能為了台北的繁華而逗留不去的。

終於我在畢業後的第二天，就整裝回家了。

在家的日子是平靜無波的，我在一家銀行做事，每天除了上班外，也還得洗衣服，而母親，一向優閒度日的，如今也自己燒飯，打掃房子了，但我們都沒有絲毫怨尤，過了那麼久富足的日子，現在吃一點苦，又算什麼。

我的母親每天都忙著接待媒婆，她們為我奔忙著，但是我拒絕受擺佈。

「我又不是貨品，為什麼要讓男人鑑定！」我抱怨著。

我的母親也不強迫我和男方相親。

她說，「我知道妳是不肯為了有個歸宿就結婚的，總要妳心甘情願才好。」

就在那一個暑假裡，忠勇突然又出現了，我看著他，想捉摸他的眼神，想猜測他的心思，但是那反射著光的鏡片，是他的盾。

我說，「把你的眼鏡摘下來。」

他侷促不安地搓著手，臉微微地紅了，嘴角露著一絲笑意，酒渦也淺淺地，若隱若現著。

「妳的怪主意最多，」他說。

我不禁笑了，用一捲報紙，輕輕地拍了一下他的頭。

「告訴我，你怎麼又跑來了？」

「我很喜歡和妳在一起的。」他很難為情地說。

也許我嚐到了寂寞的滋味，也許因為我的思想成熟了些，他竟不那麼使我無動於衷了。我發覺，和他在一起我很自在，沒有心悸，但也沒有絲毫的矯揉造作。

母親說，「妳不覺得忠勇和妳很合得來嗎？」

我有點茫然了，想了半天，才說，「我也不知道。」

「你們在一起總有說不完的話似的，你們都是談些什麼？」

母親一向是鎮定如恆的，但是對我的婚事，對忠勇，她再也把持不住了，竟好奇地探問我。

我說，「總是談些家常事。」

母親忍了好久，終於還是問了，「安寧，妳現在是不是有點喜歡他了？」

「媽，我不知道。」

這是實話，忠勇每天下午都坐火車來，總守候在銀行門口，等我下班。久了，成了習慣，每到下班時間，我竟有了期盼，看到他站在門外，心裡總有一份欣喜，但是我知道，他並沒有使我陶醉。

有一個星期天，我不上班，忠勇一早就來了。他喜歡吃龍眼的，我就拉了他到前院去摘了一籃子的水果。

母親卻擔心地說，「那院子已經不屬於我們了。也許我們不該去採果子的。」

「到底是誰買了那塊地皮，怎麼老是不出面？也不來圍籬笆？難道他想等地皮漲價再轉手？」

母親說，「我也到銀行走了幾趟，想探聽那人的意向。他總不會花了那麼多錢，卻把一塊地丟在那裡讓我們白用的。我只怕他以後蓋起房子，做起不正經的生意來。那時我們就沒處躲了。連這房子也賣不出去了。」

「媽，妳怎會想到那麼可怕的事情？」

「以前就有人來和我商議過，要出五萬塊錢買那地皮。他是想蓋一幢大房子，當公共茶室。我立時就把他趕走了。後來銀行出面替人來買的時候，我因為急用那筆錢，也沒探聽清楚，就一口答應下來了，現在好後悔呢！」

我的心也沉了，卻不肯承認，只安慰著母親，「媽，別想得太多了，如果那個人真的那麼無恥，他老早就找人來把果樹砍掉了，老早就來打地基，蓋房子了。哪裡會拖到現在還沒有一點消息。」

我們每天擔心著，只怕看到有工人拿了鋸子，出現在我們的大門口。

突然，在假期快結束時，忠勇就不再出現了。一連幾天，我老張望著銀行的大門口，但是沒有他的影子。

一個女同事說，「妳那個守門神怎麼失蹤了？」

母親只坐立不安地望著門外，她並不說什麼。

我也禁不住心裡納罕著。

但是有一天夜裡，他又摸黑來了。

「你是夜遊神嗎？」我笑著問他，「怎麼好晚才來？」

我們坐在前廊上，屋子裡的燈光微微地透了出來，他把椅子挪動了一下，躲進暗黑裡。

他說，「安寧，我再一年就畢業了，還要當一年的兵。妳能等我嗎？」

我輕鬆地說，「等你做什麼！」

他有點口吃地說，「我是想，妳，既然肯讓我來，也許已經不那麼討厭我了。」

「我從來沒有討厭過你。」我向他鄭重聲明。

「那麼妳肯嫁給我嗎？請妳再等兩年，我們就可以到美國去結婚。」

我笑了。「你什麼時候也變迂腐了？想到美國去？我還以為你要回嘉義開業行醫呢！」

隔了好久，他才說，「我以前是這麼打算的，現在改變了計劃。」

「為什麼呢？」我說，「你以為我一心想出國？我怎麼能丟下母親，和你跑到那麼遠的地方去！」

「我剛認識妳的時候，常來找妳，總是不敢讓爸媽知道。因為我沒有一點兒把握，我抓不定妳的心思，那時只怕爸媽知道了，會為我難過，所以總不肯當他們的面提起我自己的心事。但是他們當然看得出來，我喜歡上一個女孩子，不過大家心照不宣罷了。上星期我終於決定向妳求婚；妳接受的話，我是很感激的，妳如果仍舊不願和我在一起，我也不怨妳。我決定了後，才想到應該事先向爸媽說一聲的。想不到，他們聽到妳的名字和妳的住處，臉都變色了，起初他們極力反對，後來父親心軟了下來，他說只要我真心喜歡妳，他也無權反對或干涉。只是我母親始終不肯答允，我們爭論了一個禮拜。我向她下跪哀求，她還是堅持反對。今天我還和她吵了一架才來的。我提及這件事，並不是要讓妳覺得委屈，我只是要向妳解釋我們非出國不可的原因。」

「你母親不認識我，怎麼要反對？」我的驚奇勝過失望。

「她認得妳，」忠勇嘆著氣說，「我的爸媽很早以前就認得妳父母了。她是很喜歡妳母親的。但是她說她無法接受妳父親的女兒做媳婦。她說只要我和妳結婚，她馬上要和我脫離母子關係。她就不認我這個兒子，而且她要吵得我沒有一天的安寧，她是說得出口，就做得到的人，所以我只好帶妳出國了。」

「我父親已經死了不止二十年了，為什麼還有人那麼恨他？」

「我母親並不恨他。」忠勇小心翼翼地說，「妳父親生前的事，妳母親從來不向妳提起嗎？」

「我媽說，她的婚姻是她和父親之間的事。她隻字不提的。」

我想懇求他把父親生前的事告訴我，只是我沒有勇氣開口。

夜深了，該是他趕夜車回去的時候了。

他很懇切地說，「妳願意等我嗎？兩年很快就過去了，將來我不會讓妳受委屈的。」

我搖著頭，他看到了。

「安寧，妳還是不願意和我在一起？」我聽出黑暗中他聲音的顫抖。

「我不值得你為了我和你家人發生口角，更不用提斷絕母子關係那麼嚴重的破裂了。即使我答應和你出國，總有一天，你會後悔自己的衝動，你會不滿的，會埋怨我使你有家歸不得，害你成了不孝子，成了家裡的叛逆。你要是為了我，把親情都斷絕了，那我真是罪不可恕了。」

「我的母親不了解我，不替我著想，她用那種高壓手段來逼我屈服，是不對的。」忠勇激動地說，「只要有妳支持，只要妳肯站在我一邊答應和我結婚，我是不會後悔的。」

我仍是搖頭，他悵然地走了。他的身影還沒有消失，我心裡已沒有了他。畢竟，他不是一個令我心醉的人。只是他的話，深深地傷了我的自尊和傲氣。

我悄悄地跑到前院，緩緩地盪著鞦韆。那淚水，卻不由自主地爬滿了面頰，沾溼了我的上衣。等淚乾了，我才回到屋裡。母親失望地說，「忠勇走了嗎？怎麼不叫他進來坐坐？」

「太晚了，他要趕火車回去。」

「他今晚好像有心事，」母親眼光何等銳利，竟察覺出他的反常。「他沒有說什麼吧？」

「他向我求婚了。」

可憐的母親，一臉的笑，她的臉已有了皺紋，她的頭髮已參雜了幾根白絲，只有她的笑仍舊是動人的。

「我已經拒絕了他。」我說，「他不會再來了。」

「為什麼呢？安寧？」母親竟哭了，「妳為什麼這樣踐踏人？」

我好累，很想馬上倒頭睡去。但是母親那麼傷心，我怎麼能丟下她不管。

「媽，妳認識忠勇的父母吧！」

她點點頭。

「妳以前怎麼都沒有提？」

母親很驚奇地看著我。「我提他們幹什麼？他們是很久以前就認識的，已經二十幾年沒有來往了。」

「他們上星期才知道忠勇是來找我的，他的母親不肯答允這件婚事；她不要父親的女兒做媳婦。」

我的母親，驟然間臉色變白，我以為她會昏暈過去的，幸好，她只發了一會兒呆，就恢復了鎮靜。

「妳父親是個心性腐敗的人，」她微弱地說，「我們不能怪忠勇的母親。」

我不想再談下去，只渴望著好好睡覺。我站起身，對媽說，「好晚了，明天還要上班呢！」

那一晚，我又夢見了父親。小時，我常夢見他的，夢見他高瘦的身形在床前晃動。然後他會彎下身來，用冷冷的手摸著我的額頭。我從來沒有驚訝，仍沉沉地睡著，心裡是安適甜蜜的。但是那一晚，當他把冷冷的手擱在我額頭時，我驚醒了，發覺一身的冷汗，雙手發抖。我茫然地望著帳頂，父親，多麼陌生的人，而我的血管裡卻流著他的血。

突然間，我發覺帳外有個人影。

「安寧，我把妳吵醒了嗎？」母親說。

「媽，妳還沒睡嗎？」

她搖搖頭，掀開了蚊帳。「我有話跟妳說。」她在我身旁躺了下來。我覺得有點不自在，因為自有記憶以來，我一直是獨睡的，我自小怕碰到別人的肌膚。但她是我母親，心裡只一轉念，我就釋然了。

「安寧，妳知道嗎？妳睡的這張床，就是我新婚的床？」

我自小深愛這張古式的紅眠床，我喜歡那飛掛在床四周的肉色輕紗蚊帳，母親原想把這張床送給碧霞的，只是我堅持不肯，硬是要睡這張床，在我心目中，這古式的紅床才有意思，哪裡是西式的彈簧床能比的？

「中國床本來該橫臥的，但是妳父親太高了，腳沒地方伸，所以我就隨著他直臥了，他的頭靠裡，腳就掛在床外，這樣他才能把腳伸直，我想他睡得不舒展，但是我太多慮了，他只在這床上睡了兩夜，就是我們婚後的頭兩夜。」

「媽，妳為什麼恨他？」

「因為他把我看成糞土，因為他心裡沒有愛，沒有恩情，因為他不懂人類和禽獸有什麼不同。」

我抽了一口冷氣。我沒有勇氣轉過頭去看她。

「我原不想把妳父親的事告訴妳的，」母親很平靜地說。「但是今天晚上，我才領悟過來，我是不應該把你們隔絕開的，你們父女是習習相關的，沒有他，怎麼會有妳！」

「妳既然恨他，為什麼還要嫁給他？」我半帶責備地問。

「我只見過他一面就結婚了！那時怎麼懂得恨？」母親說，「我的一生是任由別人，任由命運擺佈的，我是很軟弱的，只懂得低著頭，承受一切。還記得嗎？我曾經到日本讀專科，只唸了一年，因為後母反對，就回國了。回想那一年，該是我一生中最快樂，無憂的一段日子。當時我是和一個同窗至友一道去日本讀大學的，她的哥哥早兩年就在日本讀大學了，那一個夏天他也和我們坐船同行，因為有伴，又有他的照顧，我沒有嚐到想家的苦楚，我回家鄉後，他曾託媒人來提親，只是妳外公一心要把我嫁給醫生，所以一口回絕了他。我當時也不懂得珍惜他的感情，就任由父親決定了，我才二十歲，就嫁給了妳父親。」

「那人呢？向妳求婚的那個人呢？他就放棄了嗎？」

「他又能怎麼樣？後來我們又見面時，妳已經八歲了。」

「妳是說，我見過那個人？」我不禁驚奇地問。

「妳當然見過他。他就是那個在銀行做事的洪叔叔。安寧！」母親提高了聲音，半帶驚奇和責備地反問我，「妳總不會以為媽到三十幾歲才突然喜歡上一個初認識的男人吧？」

我不敢作聲。

「他還是那麼誠懇、溫和。我對他的看法已經和十九歲時不一樣了。妳那時才八歲，就已經看得出來了。

「那一天晚上，他向我求婚，我答應了，回到家以後，才發覺妳不在，我知道妳不是迷失了，只是不肯回家罷了。我也懂得妳的任性，但是當時滿心的快樂，想法就天真，樂觀了，總以為妳回來後，只要對妳好好解釋。妳就會減少對他的敵意，妳就會諒解我的處境的。只是我沒有料到妳半夜回來時。竟是那副慘相——妳像個小乞丐，滿臉是淚，像是一個剛失去親人的孤兒。

「我一直對妳並不關心，總把妳看成一個負荷，只是妳哪裡理會那麼多，只懂得一心倚賴我，信任我，但是妳看出來了，知道我要拋棄妳，把妳丟在一邊了，妳那晚的神情，給了我多大的打擊，沒想到一個八歲的小孩，竟有那麼深的感受！

「妳那樣傷心、無助，成了對我最深的譴責！看到妳一臉的污黑，一臉的悲哀，我才恍然大悟，妳是我的女兒，我的親生骨肉，雖然妳是妳父親的種子生成的，妳是他遺留下來的，但妳只是個天真，無辜的小孩，我怎麼能把心裡的怨恨加在妳身上？」

「媽，對不起，對不起。」我喃喃地低語，「我一直是很自私的。」

「親情，永遠勝過男女之情。妳不要自責，以為妳使我犧牲了幸福的生活。其實妳不自私，那麼小的孩子，怎麼懂得自私！那只是真情的流露罷了。親情是永固的，愛情是瞬息萬變的，誰能擔保抓住它。我選擇了妳，而放棄他。那是我自己的抉擇，我從來沒有後悔過。」

我躺在母親的身邊。靜聽著時鐘的滴答，想著父親涼涼的手。

「媽，告訴我父親的事。」

「妳父親是在斗六生、斗六長的。他唸完小學後，中學沒考上。他父親有的是錢，才十三歲的孩子，就把他送到日本去讀中學。那年他回來結婚時，已經二十九歲了。媒婆來提親，我爸爸就趕到斗六去看他。他人長得高，風度那麼好，又是醫科學生，我爸爸就著迷了，也沒探聽清楚，就許婚了。我第一次看到他，是訂婚那一天，第二次看到他時，我們已經成為夫妻了。結婚那一天，他戴著黑絨呢帽，絲質的黑色禮服，白手套，和一副玳瑁眼鏡。那一副行頭擺出來，誰能不讚嘆？都說他是個美男子。其實他長得並不怎麼樣，只是懂得打扮而已。後來我才知道，他果真是個很注重服飾的人。

「我們才結婚兩天就起程回日本了。那時他再半年就可以拿到醫學士的學位了。臨行前，我的父親把我嫁粧的錢全都存進東京一家銀行裡，我身上只帶了一點錢，以備旅途中急需時用的。

「我們是清晨抵達東京的，我們一回到公寓，他就對我說，回台灣結婚。把錢都用光了，妳身上有沒有錢？給我一些吧？妳看我皮夾裡，只有一疊當票。全都快過期了，今天再不去，就會全部被當舖吃了去。

「我當時還昏昏沉沉的。連站也站不起來，只把皮包給了他，要他自己把錢拿去。過了不久。他果然帶了好幾包舊東西回來，有他的禮服，他的手錶。他的禮帽，他的大衣，還有好幾本厚重的書。原來他連上課用的醫學書也拿去當了，真沒想到，他會窮得那麼徹底！他說，『幸虧有妳，不然這些東西都別想要回來了。』他把東西全堆在角落裡，也沒有向我告辭。也沒有任何解釋，就匆匆出門了。這一走，有一個星期我沒有再看到他的影子。那一天，我傻傻地等著他，從早上等到天黑，從夜裡等到天明。只聽到外面街上喧鬧後，寂靜了下來，然後隨白天的到來，又人聲、車聲吵雜不停了，等著、等著，只是等不到他的叩門聲。

「後來我站起身，在公寓裡四處查看，這才發覺櫥櫃是空空的，連一件他的內衣褲也找不到。廚房裡，也是空無一物，沒有鍋，沒有碗碟，浴室裡沒有一條毛巾，也沒有牙刷，這時我才知道那公寓根本不是他住的地方。那是個沒有人住的地方，他是租下來應付我的，他是準備把我拋棄在那小小的公寓裡的。

「剛開始的兩天，我不敢出門，但是後來實在餓昏了，只好跑到外面去買了東西回來充飢。也許有人會說，這並不是我丈夫的錯，他並沒有鎖上門，他並沒有限制我的行動自由，是我自願囚禁自己的，又能怨別人嗎？

「安寧，那一星期的惶恐、孤獨和無助，那一天接連一天的期盼和失望，我是忘不了的，但那只是我六年地獄般的婚姻生活的開始。

「一星期後，他回來了，笑得很開心的，我問他到那裡去了。他說，『我一個好朋友到大阪度假去了。她是大和醫院的護士，我們常常在一起玩的。大熱天，能夠離開東京，痛痛快快地玩幾天，才真的叫享受。』這些話，他是用日語講的。他在日本住了十六年，好像忘了自己是台灣人了。我想用台灣話和他交談，他卻說，『妳的口音好怪，我聽不懂。』

「以後他在家的日子很少，大概一星期回來一次吧，都是回來向我拿錢用的。他回來時，常在半夜，人醉醺醺的，常吐了一地穢物，常酸言酒語的。第二天清醒了，向我要了錢，又走了。有時他會帶一群朋友回來，他們好喧鬧，也從來不和我說話，只把我當下人看待。在他們的心目中，一個叫『文子』的女人才是他的太太。而我呢，只是替他償清債務的鄉下女人，一個上了當的傻瓜。

「然後冬天來了，我沒有一件夠暖的大衣可以禦寒，東京的寒冬是冰天雪地，寸步難行的，沒有大衣，沒有靴子，我連出門買菜都沒辦法。有一天，他又回來要錢，我就拜託他抽空帶我到百貨店去買衣服。我本來不想有求於他的，只是東京那麼大，我沒有半個認識的人，叫我怎麼去摸索呢？

「他帶我坐了地下鐵，到銀座的三越百貨公司去。我看到那麼美麗的櫥窗擺設，那麼多的貨品，都迷亂了，竟忘了緊跟在他後面。他人長得高，跨一步，我就得跑兩步的，他明明知道我沒有跟在他後頭，卻一步也不停留，逕自回家了。我到處找他，摸索到天黑了，神智都快散失了，眼睛也看不見東西了。後來我突然想通了，就叫一輛計程車回去，果然他早就回家了，正在吃點心呢！他竟是羞於和我一起出門。那一次的教訓，我學乖了，從此，我沒有再和他並行走過。

「我是一直沒有機會看到那個名叫文子的護士的，直到有一天深夜，我早就上床很久了，突然被叩門聲驚醒。我開門一看，原來是他和一個妖豔的女人。他叫我趕快關了燈，不要作聲。沒多久，我就聽到樓梯口傳來了沉重的腳步聲。那人在每一間公寓的門口躊躇良久，終於走了。

「他這時才放心開了燈，然後和那女人大笑起來。原來他和文子到有樂町的酒吧喝酒，他也記不清到過幾家，等他們想回家，才發覺兩個人身上的錢都用光了。他才想到坐車回我這邊來，他知道我一定有錢替他付車資的，但是到了公寓門外，他突然異想天開，要貪那司機的便宜，他只告訴那司機，他身上沒錢，要回公寓去拿，然後就拉著文子躲進來了，那時已是三更半夜，那司機也不敢在住宅區騷擾，只好自認倒霉，開車走了。

「他不但沒有絲毫的愧怍，反而一臉的得意。那一晚他和文子就在沙發上過夜。我在臥房裡聽到由客廳傳進來的聲音，竟哭了，只覺得羞慚和難過。只想找個地方躲起來。但是聽到自己抽泣的聲音，我卻突然醒悟了，我為什麼要覺得羞慚呢？無恥的是他們，我跟他們有什麼相干呢？

「第二天，他們吃過早飯，向我要了錢就走了。他又失蹤了一個月。那時我的公寓附近也住了一個台灣來的醫生太太。我上街買菜的時候偶而碰到過她。兩人只是點頭之交而已。

「想不到有一天，她跑來找我。她是個矮矮胖胖的年輕婦人，長得很可愛。她一點都沒有顧忌地把她和丈夫私奔的事都告訴我了，她不含蓄，也不保守。心裡想說的話，都說出來了。真沒想到她那麼外向、直爽的女人，竟會教養出忠勇那麼溫文、含蓄、又體貼的男孩！」

「也許他外表長得像母親，但是心性像父親呢？」我說。

母親笑了。「妳猜得不錯，他父親是個溫和的人，近似嚴肅了。但是我想他是很重情感的。不然怎麼會和一個父母反對的女孩私奔呢？」

我把母親的心思又拉回二十幾年前的往事，「媽，她為什麼去找妳？」

「她告訴我，我的丈夫是個惡名遠播的浪子。有人替他取了綽號叫『銀座男兒』，他是以銀座的酒吧為家的。他又愛喝啤酒，所以有人稱呼他『啤酒桶』，但是有一些比較刻薄的人叫他『高額納稅者』。因為他常常在學期剛開始的時候拿了錢去註冊，像掛了號一樣的，然後就像失蹤了似的，不再出現了。課也不上，考試也不來，所以混了十年。不曉得花了多少錢，卻是混不到一個學位。這些事，結了婚以後才知道，已經太遲了。我只想知道文子和我丈夫的關係。忠勇的母親說，『那文子是個下流的女人，因為長得漂亮，又懂得討好男人，所以勾引了不少年輕醫生。誰有錢讓她花用，她就跟那人同居。妳的丈夫是一年前就和她同居了。他的家裡有錢，但是他父親寄來的錢，要供他一個月的用度，他們卻不到幾天就花光了。但是他怎麼肯放棄文子呢？所以他才想到回台灣娶一個有錢人家的女兒，算是給他多了一條財路。妳是聰明人，一定早就看出妳丈夫只是利用妳而已。他是不懂得什麼叫道德，什麼叫良心的。其實也怪不得他，一個才十三歲的男孩，心性還不定，又是青春期的開始，浮躁，不滿的心理是難免的，可惜交錯了朋友，又沒有長輩的管教，他就這樣沉陷下去，再也不能挽回了。妳也不必為他傷心，如果妳想離開他回台灣去，我丈夫會替妳設法的。』安寧，她為人是很正直的，所以恨透了妳父親的作為，竟連妳也排斥了。我怎麼能怨她？只怨我當年不肯聽她的勸告，離開丈夫。當時我只算計著，他就要畢業了，離開了文子，離開了誘惑，遠離東京那罪惡的地方和那些朋友，回到家鄉後，也許他會轉變的。我是癡想著用自己的耐心和氣度來克服一切逆境的；真的是太天真了。

「但是誰知道我真的走錯了路沒有？要是那時離開了他，我今天就沒有妳這個女兒了。

「可悲的是，我從小受後母的操持和欺負。只盼著有一天能脫離那個家，能丟下軟弱的父親，能忘記一些不愉快的回憶。那個家有什麼好懷念的呢？

「但是在東京的那一間公寓裡，我對那個沒有溫暖的家，竟有那麼深的懷念！我常常站在公寓的窗前，看著家鄉的那一邊。有時我望著窗外六層樓下的街道，總有往下跳的衝動，總懷著了結自已生命的絕望。但是我沒有跳下去，因為心裡總是有一絲希望，一點寄託。我總認為回到故鄉，回到純樸的小鎮後，目前的一切就會改變，就會成為過去。

「然後，春天來了，果然被他混到了學位。總可以說是衣錦還鄉吧？但他卻是一副灰心喪志的樣子，只因他希望文子能看在兩人同居一年半的情份上，和他一起回故里的，但是文子只屬於東京，屬於銀座的豪華。她怎麼肯到台灣來久居？他們就這樣分手了。

「回到台灣後，他就開始在台北醫院實習。我原以為他會要我住在台北，照顧他的飲食起居的！但是我猜錯了，他要的是自由自在的日子。他藉口家鄉的父母需要媳婦服侍，就把我遣回斗六了。他在台北過著荒誕的日子，只有缺錢的時候才回斗六。

「他每次回來，看到他母親把我當下人看待，他也無動於衷。後來聽說他和一個護士同居了，只是那護士沒有文子的美麗，也沒有讓男人著迷的誘惑力，所以同居才半年，就分手了。從此他唯一的消遣是上酒家。

「兩年後，他回斗六開業了。奇怪的是，他的名聲在醫學圈內是不能再壞了，但是一般鎮上的人都認為他很和氣。對窮苦的病人，他也絕不為難。

「妳父親死了好幾年了，竟還有一些鄉下人帶了番薯和菜蔬來送我，說是敬謝林醫生的仁德，妳說奇不奇怪！

「回到斗六，他也不知收斂的，每天晚上都上酒家，常常就在外面度夜，要是半夜回來，也是醉得不省人事了，但那都只是逢場作戲而已。直到他回斗六半年以後，竟突然瘋狂地愛上了一個酒女，他們整天整夜在一起，他的醫務也擱下不管了，他的父親為了面子問題，就要他把那酒女迎進家門，當小老婆，他會反對嚒！可笑的是，他父母竟也懂得羞恥，那酒女進門的那一天，兩個做長輩的躲到關子嶺去玩了。只有我，消息不靈通，竟不知道迴避。她一進門，我就知道她是誰了；她的職業，她的習性，都印在她臉上了，都顯示在她的一舉一動裡，她很妖豔，眼皮浮腫的，卻不減她的風姿，反而更顯得傲慢和不可一世的神情，她該算是風塵女郎中的女王了。

「她一看到我就說，這女人是誰？我的丈夫根本不敢吭聲，她又要他叫我走開，因為她不喜歡我那副哭喪著臉的樣子，我對他們只有鄙視和厭惡，她要我走開，我卻一步也不動，我是想看看那女人是怎麼馴服他的。她說，『你要我住到你家來，原來並不是真心誠意的，怎麼把那女人留在這裡，讓我生氣？』他竟走過來，低聲下氣懇求我走開，我並不理會他，只看著那女人。

「那酒女只吐了一口痰在地上，又蠻橫，又撒嬌地說，『你如果真心愛我，就跪下去，舐乾那口痰。』妳的父親真的跪了下去，照做了。

「她是把我趕跑了，我衝進了廁所，一陣作嘔，吐了一地，從此我再也不肯看到她和那個無恥的人。」

我再也抑止不住，大聲地痛哭起來。

「安寧，妳哭什麼？」母親說。

「沒想到我父親是那麼污穢的人！」

「妳父親一看到美麗的女人就無法釋懷，非佔有不可，長久下來，就變成了一種變態心理，他不知道女人應該也有心性，有情感的。在他的生命裡，只有美麗的，充滿了誘惑力的女人才算女人，才值得為她們拚命，才值得不惜一切去追求。他活著似乎只為了尋求和征服那些使他癡狂的女人，可嘆的是，他只懂得愛那些下流的冶蕩女人，那怎能算是愛呢！最多只能說滿足他肉體的慾望罷了。

「妳父親的作為，使我一再受到打擊，他使我對人生，對情感，對婚姻的夢想和期待完全破滅了，他使我認識人卑賤的心性是多麼可恥，可悲。他使我懂得什麼叫做恨之入骨，他使我變成一個心腸冷硬的女人。

「那酒女在我們家住了一年，妳的祖父母都怕她的蠻橫和囂張，可是妳父親沒有她，就活不下去似的，他是可憐又可恨的，每天像一隻狗，跟在她後面走，他不再上酒家了，只把一些酒肉朋友帶回來，那酒女當然是很懂得應酬，很會招待客人的，那一段日子，家裡每晚都是高朋滿座，飲酒作樂，簡直成了私用酒家了。

「安寧，妳是不是心裡奇怪著，這種生活環境，我怎麼能夠忍受下去？我也是不得已的，那時我身邊已經沒有錢了，而我自己的父親也不肯收容我，他為了我蒙羞，竟不肯收我這個出嫁的女兒了，我是一個無依無靠的弱女子，只能在林家寄生蒙羞了。一年之中，我從來沒有踏進正廳一步，別人都沒有感覺到我的存在，連我自己也麻木了。

「妳父親過了一年荒誕不經的生活，終於病發了，他知道病情的嚴重，所以關上了診所，帶著那酒女，渡海到日本求醫了。

「半年後，他又回來了，是一個人回來的，也沒有人問他那酒女哪裡去了。他變了，不再是那個不可一世的酒色之徒了。他得了不治之症，一切都無法挽回了，他變了，變了一個人似的，他變得很嚴肅了，當然也不再上酒家了。但是他又開始為病人診治了，他的病是看不出來的，只是在他體內慢慢地侵蝕他，所以他能騙過人壽保險公司，買下了一筆很可觀的人壽保險。這當然是他死後，我才知道的，我把那筆錢償清了他的醫療費，至於我們那些不動產，其實不是妳父親留下來的，是妳祖父過世以前，把所有財產都放到我名下了。」

「我祖父對妳不壞呀！他沒有把財產留給姑姑。」我說。

「妳祖父對妳父親和我之間的事，向來不聞不問的，也許他也有他的苦衷吧，臨死前，他說那筆財產足夠維持我往後的生活，但是如果我想再嫁，他也不反對，就把那筆財產當嫁粧。」

「媽，妳怎麼在父親得了絕症以後才生下我？妳為什麼不再嫁呢！」

「他把那酒女帶進來以後，我就搬到偏房去了，他從日本回來後，我還是住在那裡。他回來好幾天，我都沒有看到他，也不想看到他。想不到，有一天，他竟來敲我的門，那時已經晚了，我都快上床了，所以沒有去開門，他在外面說，『阿雲，我回來了。』他在外面站了好久，知道我不會開門了，才走的。

「第二天吃中飯的時候，佣人來請我到正廳和公婆、丈夫一起吃飯，我並沒有去，那天晚上，我在廚房和佣人吃過飯後，就回房了，裡面暗暗的，我本想爬上床去睡，也懶得打開燈了，但是我突然覺得不安起來，睡意全消了，我打開了燈一看，果然看到他坐在一張椅子上，我頓時背脊發冷，頭皮都冒著汗。他坐在那裡，臉色好蒼白，像一個沒有生命的活人！他說，『阿雲，妳不要驚慌，我只是找妳談談，我是來向妳謝罪的。』我只跌坐在床沿，連開口的力氣也沒有。他又接下去說，『我們結婚後，我知道妳沒有過一天像人的日子，我對妳好殘忍，完全是沒有人道的，我從來不把妳當妻子看待，我的良心全被慾望矇蔽了，這半年來，我在日本求治，整天躺在病床上，我終於有時間靜下來想一想，我才算領悟過來了，我的一生，完全是罪過，但是最深的歉疚，是娶了妳，害了妳，我把妳的一生都毀了，妳不在身邊，我才漸漸看清了妳，原來妳是美麗的女人，性情也善良、溫和，只是我都沒有看見，都疏忽了，可能是我一生都沒有碰到過妳這樣的女人，所以不懂得愛惜吧？我再也料想不到，一向沒有病痛的，這一次病倒，竟是絕症，我現在總算看清了，想通了，卻已經沒有時間彌補以前的過錯。』他的聲調那麼懇切，使我不禁發笑了，也不知道他這篇演講辭，準備了多久。我說，『那些你心愛的、讓你著迷的女人都走光了，你才想到該是懺悔的時候了。』也許他抵受不住我輕蔑和痛恨的眼光吧，也沒有回答我，就溜出去了。

「可是他每天晚上都到我房間來，只說和我談談，但是他的話沒有使我動心，沒有使我改變對他的看法，在我的心目中，他是使人滴血的魔鬼，他每次出現，我就受到更多的刺傷，所以他現在對我甜言蜜語，只有使我更恐怖，一看到他，我就手心出汗，全身發冷，他難道看不出來嗎？如果他真的有一絲懺悔的心，早該躲得遠遠的，也不會來折磨我了。

「後來，有一晚，他竟不肯走了，我知道他的心意，我心裡的恐慌是無法用字句表達的。我看到他轉身關上房門時，差一點尖叫出來了，我也無法深思，只跳上了床，然後從床邊的窗口逃出去了，那一夜我是在妳姑媽家度過的。

「我應該逃得遠遠的，但是我沒有地方去，只好躲到他親妹妹的家了。但是有什麼用呢？第二天下午，他就來把我帶回去了。

「我是求救無門的，只好屈服了，那時醫生說他只有兩年好活了，但是他竟使我懷孕，他是殘酷、自私的。

「他知道我有了身孕後，更體貼了，但他心裡怎麼會有一絲的真誠呢？他是個苟延殘喘的人，臨死了，仍不放過我，仍想利用我傳延他的後代；好卑下的人，他的溫柔、體貼都是對我的最大諷刺。

「我曾經想盡辦法要去掉肚子裡的胎兒，我跌下了前廊的那三個階梯，我在那高高的門檻上跌過跤，我在雨地裡滑倒，但是那胎兒抓得好牢，我也無可奈何。等到那胎兒在我肚子裡開始拳打腳踢時，我再也沒有反抗的勇氣了，心裡只祈望著生個女兒，讓我的公婆失望，使他灰心，使他們林家斷了香火。

「果然我生了女兒，我心裡好舒坦，好像懷胎、生產的痛苦都得到了報償。出乎意料的是，妳父親不但不灰心，不難過，反而是一副狂喜的樣子，他抱著妳又吻又親，我都驚呆了，實在無法瞭解他。

「我看他那麼快樂，心都冷了，只有消極的反抗，我每天側著身，面牆而臥，我拒絕看那嬰兒一眼，當然拒絕餵奶。起初，他責備我好殘忍，後來他看我沒有一絲心軟，只好請來一個奶媽，安寧，那時媽只有滿心的恨，連妳都恨了進去。我沒有讓妳吸過一滴奶，我任由奶水漲了，沾濕了上衣，也任由奶水涸乾了，我也不肯施捨一滴給妳。我是不肯盡母責的，連妳長得什麼樣子，我也不知道，不關心。半夜裡，妳餓了，奶媽又不在，都是妳父親起來替妳換尿片，泡奶粉。

「可笑的是，他問我該給孩子取什麼名字，起初我不搭理，後來想了很久才說，『就叫她安寧吧？等你只剩下一口氣時，看到我們孤兒、寡婦，你心理一定很安寧吧！』他毫不在乎我的譏刺，真的就叫妳安寧了。

「妳五個月大時，那奶媽斷了奶水，妳父親就要佣人把肉、麵煮爛了，餵妳吃，那時他已經無法起身，雙手都軟弱無力了，他整天流著鼻血，說話也困難了，妳祖父要送他到台北入院，他卻不肯走。

「那時妳已經會坐，會認人了，每頓飯都要妳父親餵，別人要幫忙，妳卻不肯吃，佣人只好把妳放在病床邊，讓他一口口慢慢餵妳，那碧霞，心腸最軟了，每次看到你們父女的情景，就躲在牆角哭，我卻是一滴淚也沒有。

「我知道的，他只是演戲的人一般，想賺取觀眾的心罷了，我怎麼會上當！他是不想死的，我眼看著他和病魔掙扎著，總是不肯放棄，但是到後來，他也知道沒有希望了，就開始為妳求情，那時他已口齒不清了，他叫我，我假裝沒聽見；他和我說話，我假裝聽不懂，其實他不開口，我都知道他心裡的意思。

「有一晚，我已經躺下來了，卻還沒有入睡，突然他很清晰地說，『安寧還那麼小，請妳答應我，不要再改嫁，請妳好好扶養她。』我咬著牙根，恨得說不出話來，等到稍微定下心後，我才笑出聲來，我說，『別做夢了，我不會為你守寡的，你不配。』

「我要他死得不安寧，我要他飲恨黃泉，我想，六年的婚姻已經使我喪失了人性，不懂得憐憫了，我只想看他多吃點苦，多受一點煎熬，他仍不放棄，仍向我哀求，要我答應他，將來一心扶養妳，不再改嫁。我只是搖搖頭，嘲笑地看著他，我可以看出他割心般的痛苦，但是我還在乎他心裡的感受嚒？

「臨死時，他已經無法出聲，只能用眼神來哀求了，我看著他變了形的臉，實在也笑不出來了，但是我仍不放過他，我還想在他吞下最後一口氣以前再折磨他一番，我跪在他床頭，低下頭靠在他耳邊，我清楚地看到他的眼光閃過了一絲希望，一絲感激，只是他猜錯了，我只在他耳邊說，『你即使有力氣拿了一把刀子按在我胸口，硬要我為你守寡，我是寧死也不會答應的。』

「妳七個月大時，他死了，我看到他斷了氣，竟昏迷過去；也許捱了那麼久充滿了恨的日子，我的神經都繃緊了，如今看到他死了，心裡一鬆，反而支撐不住，竟倒了下去，後來他父母也相繼去世，我眼看著一年之內，由大廳抬出了三具棺材，心裡卻沒有一絲悲哀。

「安寧，妳別以為媽是口硬心軟，妳父親死了，我就為他守起寡來了，不是這樣的，我當時了無生趣，把婚姻、愛情看成了最虛偽的，最不可靠的事，所以我並沒有為了報復，就急急的投入婚姻的羅網了。命運是這樣的安排，我也沒有選擇的餘地，我想，如果妳洪叔叔在妳懂事以前來找我，我會嫁給他的；只是他調到斗六時，妳已經八歲了。」

我藉著臥房窗口透進來的曙光，看著母親，我怎能相信，美麗、平和的母親，竟是滿心的怨和恨？

「媽，妳還恨我父親嗎？」

「不恨了，恨又有什麼用？」

「可憐的父親，」我禁不住脫口說出這句話。

她陡然坐直起來。

「他有什麼值得妳同情的？」

「他好不容易才懂得愛，妳卻不能接受他了。」

「別胡說！他那種人哪裡懂得愛，妳不要污辱了愛情。」

「妳真的一點都不愛他？」我哀求地看著母親。

她臉色更蒼白了。「我怎麼會愛上一個耽溺在肉慾裡的男人？」她說，「不要太天真了，妳不能硬要美化妳自己父母之間的關係，天下夫妻多的是不能相容，卻被逼得只好共同生活的，他們心裡，怎麼能不恨？」

「所以有了子女，只能加深夫妻的仇恨了？」我說。

我母親背對著我，身子都僵直了，過了好久，才嘆氣地說，「安寧，我不知道妳心裡怎麼批判妳自己的父母，我說了一夜的話，也只能算是一面之詞，妳父親死了那麼久，只剩下骨灰了，哪裡還能開口為他自己的行徑加以辯解？」

「妳是不肯原諒他了？」

「別太苛求了，我不是寬宏大量的女人，所以我怎麼會原諒他？只是我也不恨他了，妳是他的女兒，我把妳扶養長大，妳是個有良心，有品德的女孩子，這樣還不夠嗎？」

母親趿了拖鞋，回她自己房間去了。我望著明亮的晨光，想著自己生命的多餘，我的出生，只帶給父親臨死的悲哀和歉疚；我的出生，使我母親獻出了她二十幾年的歲月，這一切都值得嗎？

好令人心灰意懶的早晨，我靜靜地躺在床上，沉思著。

突然間，前院傳來了砍伐木頭的聲響，我衝向窗口，果然看到一群工人在砍斷那些果樹！要來的終於來了，惡夢終於成為事實。但是，為什麼要發生在這個令人心灰意懶的早晨！

我的母親驚恐地四處奔走探聽，終於探出了消息。果然那個買地皮的人，是要開一間公共茶室！

我們母女平靜的生活，突然間瓦解了。我們像被追獵的小獸，被逼得走投無路了，只嚇得團團轉。

我母親終於屈服了，只好以賤價賣掉了那幢宏偉的祖屋。但是到哪裡定居呢？我們搜盡枯腸，卻無法決定久居之地。大都市是我母親所畏避的，而小鎮，除了我自己的故鄉斗六，我是不肯久留的。

終於，我母親決定搬到台南。那是一個不大不小的城市，而且她舊時同窗老師還住在那裡。

於是我們在台南買下了一幢小洋房。經母親舊友的介紹，我很快地在一家大銀行找到了工作。

母親的朋友真多。好像台南的每一條街，都有她的同窗舊友。有一天，她到東門圓環附近拜訪了陳阿姨回來，一臉的黯然。我問她發生了什麼事，她說，「我們班上的同學，竟沒有一個是幸福的！為什麼女人的命運總是被別人支配、操縱呢？妳的陳阿姨算是最幸福了。她的丈夫健在，錢又賺得多，不愁吃，不愁穿，但是她還不是掉淚、嘆氣。原來她丈夫有了外室，我怎麼去勸解她呢？」

我的母親為朋友煩憂，我卻活得很自在。不愁吃，不愁穿，工作輕鬆，行動自由。我是無牽無掛的！

母親總是不安地看著我，眼光隨我的身形轉。有一天，她忍不住問我，「安寧，妳沒有比較合得來的男朋友嗎？」

我說，「我不想結婚，我和什麼人都無緣。」其實什麼是緣份呢？我根本不懂。

我的銀行調來了一個年輕人。我們的辦公桌靠在一起，我們是相對坐著的。不到一個星期，我發覺自己竟癡狂地愛上了他。他好灑脫，好溫柔，好令我著迷、心醉。我陷入了絕望的掙扎之中，好像得不到他，我就沒有生存下去的必要了。日裡，與他對坐，我無言；夜裡，我失眠，只因壓抑不住的渴望和癡戀。我的癡情，竟像一場病痛，纏綿不去，要壓碎我，要使我崩潰。

他看出我的情癡，竟也向我表示他的心意！但是我怎能搶走別人的丈夫！我怎能接受他的愛！但是他長得那麼俊，我看了會心痛，會發抖。他的眼神，他的笑意，他的話語，我如何能抵抗，我如何不著迷？那是一段可悲的日子，我每天看著他神采飛揚的笑貌和身形，怎能抑制心裡的顫動和衝擊？

我竟接受他的約會，與他出遊。當他送我回家時，已是午夜。

母親冷冷地看著我，「妳愛上了什麼人？」

我驚奇地看著她，不知如何作答。

「別人心裡有了愛，都是臉上發著光采，只有妳越來越憔悴，為什麼？」

我再也無法抑止心裡的悲哀和矛盾，只好把我的秘密都抖了出來；我泣不成聲，只等著母親的安慰。

只是，她一句話也不說，卻突然站起身來，伸手橫掃我的臉。我頓時覺得一陣暈眩，然後是熱辣辣的疼痛。我跑到浴室，吐出了滿口的血，然後用冷水漱了口，洗了臉，才回到母親身邊。她的震怒，已經隨那一掌消失了。我只看到她的蒼白和一臉的深紋。

「十六年的教育和養育妳的苦心，都白費了嗎？」她低沉地說，「妳還是只懂得為外貌著迷，妳還是抵擋不住他的誘惑？」

我灰心地說，「我身體裡面流的是父親的血。也許我和他是同樣的心性？」

「妳以為是他的女兒，妳就有了墮落的藉口嗎？人家都說『好種不傳，壞種不斷』，妳相信了？妳以為承襲了妳父親的心性，就有權利使我因妳蒙羞嗎？我一生沒有得到愛，也沒有碰到值得我愛的人。但是我活著，總有個指望，我要妳走正路，要妳有個好歸宿。妳要我承認這一生我是白活了，到頭來，仍是一個失敗者？」

空氣都快凝結了，我只能嚅嚅地說，「媽，妳的苦心和教導，我都懂得。只是我愛他，是不由自己的事，我怎麼辦呢？」

「妳得堅強起來，不要自暴自棄，妳也知道妳父親的行徑，給我多大的打擊，妳忍心走上他那一條路嗎？妳和他是不同的，你們有不同的生長環境，妳是懂得孝順，有羞恥心的女孩。」

我只垂著頭，掉著淚。

「妳難道想當那個人的外室？」母親突然冷冷地問我。

我恐怖地搖著頭，連開口的勇氣也沒有。

「妳明天去上班，還是要看到他。」

我只能蜷縮在沙發裡，不敢抬頭看母親。

「如果辭了職，妳會不會自動去找他？」她輕嘆地問。

我猶疑了半天，才說，「如果不看到他，也許就會把他忘掉。」

事情就這樣決定了，我第二天就辭了職。那時，已是八月中，母親馬上為我找到一份教書的工作，九月開學。

我沒有再看到他，後來才知道我辭職後，他也自動請調，搬到高雄去了。

※ ※ ※

我在一家男中教數學，我的學生個個長得高大健壯，剛開學，我連抬頭看他們的勇氣也沒有；更不敢走下講台，只怕那些學生看到我長得比他們矮小，有失教師的尊嚴。他們真是極盡惹禍笑鬧之能事，把我惹笑了，也把我氣哭了，後來漸漸混熟了，我才領略到他們的稚氣和可愛，有時我會顯兩下我潑辣的本性，讓他們驚心動魄一番。

不到半年，我已深深愛上這份工作，我又恢復了身心的愉快，也被學生感染了一份童稚的愉悅和純真。

充實快樂的日子，過得特別快，一晃眼，一個學年就要結束了。

有一天中午，我剛下課要走回教員休息室時，遠遠看到劉校長和一個人站在走廊上聊天。我一步一步走近，只覺那人背影很熟悉，可是搜盡了記憶中的人影，卻想不出那人是誰。

「林老師，妳看是誰來找妳了？」劉校長胖胖的臉，堆滿了笑。

那人猛地回過頭來，我比他更吃驚，原來是忠勇。

兩年沒見到他，早把他堆積在久遠的記憶裡了，都存封起來了。如今怎麼又來了？原以為今生再也不會見到他了。

偶而在街上看到身材與他差不多的男人，我會想到他，但是剛才真正看到他的背影時，卻又認不出來了。其實他並沒有改變。

「劉校長，你認識他？」我好奇地問。

「剛才在走廊上碰到他，他說是來找妳的，我就和他聊起來了，」劉校長說，「原來你們是老朋友了。」

「我們已經很久沒見面了，」我笑著說，「剛才看到他的背影，只覺得好像哪裡見過，就是記不起來。」

忠勇的臉微微地變白，好像很難過的樣子。我這才記起來，他是很善感的人，剛才那句無心的話，一定傷了他的心。

「你以前一直是留的長頭髮，現在是剪的平頭，我就連貫不起來了。」我想寬慰他。

他慢吞吞地說，「我服了一年兵役，現在剛退伍，頭髮還沒有留長。」

「你們聊聊吧，我得走了，李先生，以後有機會再來，別忘了到校長室來找我。」

校長走了。我說，「我下午沒課，現在就要回家了。你呢？」

「伯母留我在妳家吃中飯，我已經答應了，」他紅著臉說，「我和妳一道回去吧？」

「哦，原來你是從家裡來的。」

「我怕跑到這裡來找妳，妳會不高興。本來想在家裡等妳，但是妳媽媽急著要出門買菜，不能陪我，就把我趕到這裡來了。」他很心虛地對我解釋。

「你怎麼跑到台南來了？」我問他，「找同學嗎？」

「剛退伍下來，也沒事，就想到處走走。」

「幾時退伍的？」

「昨天。」他又臉紅了。

我禁不住，笑出聲來。「你還沒有回家吧？也不怕挨罵？」

「我今天晚上就回嘉義。」

「家裡的人都好吧？」我禮貌地問。

「除了我母親，其他的家人都很好，」他說。

「伯母身體不好嗎？」我不安地問。

「她在半年前過世了，」他的眼圈突然紅了，我不敢再看他。

「對不起，我們好久沒通信，我都不知道你家裡發生了變故。」我突然覺得好難過；失母之痛，一定很難挨吧？我看看他的袖管，果然是戴了孝的。我剛才怎麼都沒有注意到呢。

「她死得很突然，我都來不及趕回去見她最後一面。」

「忠勇，不要難過。」我是最不會說安慰的話了，現在更是急得直冒汗。

「哇，林老師的男朋友是個四眼田雞。」

我抬起頭一望，才發覺對面那幢兩層樓房的走廊早已擠滿了男孩子。教室裡空空的，好像所有的學生都跑到走廊上看熱鬧了。

那些孩子，看到我抬起頭來，突然都像麻雀般地吵嚷起來了。

「哈哈！」我露著牙齒對他笑。「他們以為你是我的男朋友呢！」

他瞥了我一眼，微微地笑了，露出兩個淺淺圓圓的酒渦。

「我們回去吧？站在這裡不是辦法。」我說著，就往校門口走去。

我們走過沙漠似的校園，穿過那擠滿了學生的二層樓房，那些孩子尖聲地吹著口哨，高聲地怪叫。

忠勇說，「以前都沒有別人到學校來找妳嗎？」

我笑著說，「沒有人到這裡來找過我，你已經使我名譽掃地了！你看那些小鬼，多好奇！為了想看你，擠得樓房都快倒向這邊來了。」

他只低著頭走，連腳步都不自在了。

我們頂著驕陽，緩步走回家。媽正在門口張望。

吃過中飯後，他賴著不走。媽好興奮，笑語如珠。我卻好難過，只悶悶地坐在那裡；我知道母親一看到他，又開始暈頭轉向了，又是滿腦子的未來美景了。

但是兩年不見了，怎麼可能一下子又重拾起過去的一切？過去的事，就該屬於過去的。

「忠勇，晚上就留下來吧？反正嘉義那麼近，你也不急著回去吧？」母親說。

他不回答，只望著我。

「媽，忠勇只是來探望一下而已，他還沒有回家呢，」我說，「而且台南實在沒有什麼地方好玩的，雖然名勝古蹟不少，可惜都是破破爛爛的，和乞丐寮一樣，也不值得去看。」

母親不理我，只對忠勇說，「你難得來一趟，晚上吃過飯再走吧？」

他有點進退兩難了，沉思了很久，終於紅著臉，接受了母親的挽留。

他也不看我，大概是怕我惡臉相向吧？其實我並不在乎他留下來的。我倒很想知道闊別兩年，他日子是怎麼過的。

晚飯後，母親早早就回房休息了。我們兩個坐在客廳裡閒聊著，他點點滴滴地把過去兩年所發生的事告訴我

他說：「妳呢，安寧？妳這兩年來都過得很平靜嗎？」

我只笑著說，「乏善可陳。」

但我心裡很難過，心想這兩年，我怎麼能一筆勾銷？雖然我們分手時，並未兩心相許，我並沒有答應等他，但兩年過去了，我仍是小姑獨處，他一定誤解了。他一定以為我

在等待他，其實，這兩年裡，我心裡根本沒有他！兩年的差別，我已把愛情和婚姻看得很淡了。

當他起身告辭時，他說：「安寧，我可以再來嗎？」

「好麼！有事到台南來的話，別忘了來看我們。」

「我已經兩年沒看到妳了！」他懇求地說。

「這樣才好，君子之交麼！每兩年見一次面，就更會覺得友誼的可貴了。」他是滿懷期望的來，頹喪的走了。

夜裡，我躺在床上，總是睡不著。越想越悔恨，我是希望再見到他的，怎麼又假裝冷淡呢！我是喜歡他的，可是怎麼總不自覺地說些令他傷心的話！那些全不是真心話！我是幾時變得這樣刁鑽古怪的？我為什麼變得虛假、可恨？我只覺心灰意冷。第二天早上，母親問我：「忠勇什麼時候還要再來？」

我淡淡地說，「誰知道呢！也許兩年後。」

我母親一臉的灰白，只冷冷地看我一眼，就回過頭去了。我上班時，她也不在門口向我招手道別了。

那天下午，我三點才下課，卻沒有勇氣回家，只在辦公桌上磨菇著，改著學生的筆記，準備著下一週的考題。我心裡七上八下的，知道遲早還是得回家。

我一路往家走，心裡卻不禁苦笑。都已經是二十四歲的成人了，竟那麼怕自己的母親！腦子裡總揮不掉她冷冰的眼光，總忘不掉她那一掌打過來，火辣辣的疼痛，和那滿嘴的血腥味。

想不到，我進門時，母親竟是滿臉笑容。

然後，我才看到忠勇坐在客廳裡。我怔怔地看著他。

「噯，不是剛走嗎？怎麼又來了？」我抱怨地說。

但我是無法瞞騙他的，否則他也不會再來了。他也聽得出我聲調裡的歡欣和雀躍，他不說什麼，只快樂、又害羞地微笑著。

我衝著母親笑了。我發覺自己一點都不怕她了。

※　※　※

此後的兩個月，忠勇又成了我家的常客。每次他來，母親總笑臉相迎，總是無微不至地招待他。

有一晚，母親上樓休息，忠勇看著她的背影，感嘆地說，「妳的母親實在了不起，守了二十幾年的寡，還能談笑風生，總是一副與世無爭的安祥神態。」

「我的同學都羨慕我，因為她好溫和的樣子，總是笑臉迎人的。」我說，「我卻是很怕她的。」

忠勇不信地瞪著我看，「妳真的怕她？」

「我騙你幹什麼？騙你這老實人，才沒意思呢！」我一面說，一面想著，「其實我只在做錯了事的時候才怕她。」

「我以為她愛妳、寵妳都有點過份了。」他笑著說，「想不到妳會怕她。」

「她對我並沒有什麼期望，只求我不做昧良心的事，她像個掌舵的人，」我輕輕地說，「不准我脫離了航線。」

「妳覺得她束縛妳太緊了嗎？」

我搖搖頭，「才不呢！她全是為了我好，我怕她，是因為我心虛。」

「妳的婚事呢？是不是也要先得到她的許可？」他緊張又困窘地問我，那神情又滑稽，又可愛。

「還早呢！」我說，「我實在不願意拋下她。」

「把她接過來一塊兒住，不就解決了嗎？」他很熱切地說。

我不肯再答腔，這話題使我有如履薄冰的感覺。

「暑假過後，你有什麼打算呢？」我問他。

「當兩年的住院醫師，」他說，「下星期就要開始上班了。」

「就在台大醫院嗎？」

他瞥了我一眼，小心翼翼地說，「當然在台大醫院最理想，但是在台南醫院也可以的，只是台南醫院的設備比較簡陋，而且碰到特殊病例的機會比較少。」

「那當然就回台北了，」我輕鬆地說，「你選了哪一科？」

「我選了耳鼻咽喉科。」

「怪人選怪科，真不懂你的腦筋是怎麼轉的。」我說著，不禁大笑起來。

他默默地坐在那裡，瞪著地板，隔了好半天才說，「妳父親是鼻咽癌去逝的，我想妳也知道。癌症照說是不會遺傳的，但也有兩代得了相同病症的例子，原因是什麼？也沒有人研究出來，但總不會是遺傳，只是我母親生前老是喜歡把妳父親的病症提出來，好像那是什麼大缺陷似的，好像那是什麼見不得人的傳染病似的。」

「啊，我懂了，原來你選了耳鼻咽喉科是想我以後得了鼻咽癌才有人醫治吧？」

「不是那個意思，」他大聲地說，「我是因為妳父親得了那種病，我才對那一科發生興趣的，人生死有命，我怎麼怕妳將來會得什麼病了！而且我選那一科最重要的原因是開業以後不會有急診，不會半夜被叫醒來，也不會忙得顧不了家庭。」

「你想得真周到，還是個單身漢，就懂得為將來的夫人和小孩著想了。」

「我結婚的話，一定是我心甘情願的，因為我要和她長久在一起的，我總要為她著想，不能讓她覺得委屈了。」忠勇激動地說，「人家都說嫁了醫生的女人都會成了活寡婦，生活是沒有什麼情趣的，夫婦也像陌路人了。丈夫一有空，就上酒家，就找別的女人，把妻子兒女都丟在家裡了，其實，有誰真的會喜歡這種不正常的生活呢！」

「這是典型的台灣醫生的家庭生活麼！我父親就是這樣的，」我嘲諷地笑著，「你想要創新麼？到頭來還不是循著舊路走。」

「妳也知道的，我不是那種人。」

「誰會承認自己沒有良心了？」我恨恨地說，「我父親臨死了，還讓我母親生下我，還向她求情，要她守寡。你以為他會承認自己沒有良心嗎？」

忠勇灰心地說，「妳把心裡對妳父親的怨恨都移到我身上來了。」

「你下星期回台北，我也怨恨不到你了。」

他一臉的灰暗。

「沒想到，還會節外生枝，」他低聲地說：「沒想到妳根本不肯嫁醫生。本來，本來我以為妳不在乎的，我剛才還妄想著，想接妳和妳母親到台北去住。」

「我母親是不肯去的，」我不好意思看他，只瞪著自己的腳尖，「我倒是住哪裡都一樣。」

他仰坐在沙發上，瞪著天花板，也不看我，也不說話，不知道他是憤怒，還是傷心，還是累了。

我悄悄地站起身，移坐到他的旁邊。

「對不起，我剛才說的全是無心的話，」我輕輕地用手指敲著他的肩膀，「你不要當真了，我知道你很好，不會虧待別人的。」

他把臉別過去，不肯理我。

我伸長脖子，想看清他的臉，只見他抿著嘴，一副不可侵犯的神態。

「想不到認識那麼久，還免不了有這許多誤會。」我自言自語地說。

「誰誤會誰了？」他回過頭來，很生氣地說，「妳總喜歡說一些令人傷心的話。」

「我不是向你陪罪了嗎？」我氣餒地說，「我剛才說的都不是真心話，都不算數。」

「妳願意和我去台北嗎？」

「憑什麼要我陪你去？」我質問他。

「和我結婚，好嗎？」他說。

我看著他清秀的娃娃臉，真有滿心的喜悅。他是個好可愛的人，好值得信賴，值得愛的男性。只是想不通，為什麼我花了六年的時間才發覺自己愛上他？

我輕輕地在他耳邊說，「要不要吻一下你的新娘子？」

他紅著臉，照做了。

※　※　※

那已是十年前的事了，我們是在他母親去世一週年後結婚的，婚後，我們住台北，媽住台南，我按月寄錢給媽當生活費，一有假期，我和忠勇就奔波於台北、台南之間。

等到他要回南部開業時，我們有了一番爭論。

我說，「你是長子，當然應該回嘉義去住。」

忠勇卻搖頭，他說，「我家裡還有弟妹，爸爸不怕沒有伴，我姑媽也在家幫著照料，他們並不要求我回去，倒是妳不回台南是不行的，總不能再丟下媽一個人了。」

他既然硬要回台南幫我孝順母親，我哪有堅持不依的道理？只是我們在台南定居下來後，媽卻不肯搬過來和我們同住了，她只說不願妨礙我們年輕人自由自在的生活。但她還是每天都坐了三輪車來看我們，因為我那時已大腹便便，她總是不放心。

我生了一個兒子，在坐月子期間，母親當然不忍心把我丟下來，只好暫時搬到我們家來住，我趁機要她把那幢小樓房賣掉，她只是不肯，總說等外孫大些了，不勞累我了，她就要搬回去住的。但是第二個兒子又接著來了，我母親再也抵擋不住含飴弄孫的家庭之樂，終於放棄了獨居享清福的念頭，心甘情願地搬過來了。

忠勇把她當成自己的母親似地服侍、孝敬，我都望塵莫及了。我的母親，不再管教我，也不怕我走錯路了，她說，「有了忠勇，我還用擔心嗎？」忠勇的弟妹，一到假期都蜂擁地來了，他們總說台南是他們第二個家。

我的公公也常來探望我們，我想他起初心裡未免對我存疑著，總是不太放心。後來看我們活得自在，過得快樂，他也就鬆了一口氣。起初，他來探望我們，母親總有幾分不自在，總認為她住進了女婿的家，招待著我公公，未免有「喧賓奪主」的意味，但是公公總說，「這樣才好，這樣才好。」他是很慈和的人，他能諒解的。

我的兩個兒子，有那麼多人愛他們，照顧他們，我看了都有點眼紅了。想起當年和母親相依為命的孤單景況，就深覺歉疚，總覺得虧欠母親太多。

但我的母親似乎把往事都遺忘了，她把兩個孫子看成了命根。她似乎把所有的心神都用在教導兩個外孫上了。忠勇和我，只會寵孩子，也不懂得管教，孩子調皮、搗蛋，我們只罵著、斥責著，但兩個小猴子全當耳邊風，哪裡肯聽我們的話。只有外婆的話，他們才信服，有一次他們做錯了事，母親很灰心地說，「你們不乖，外婆很難過。」

我的大兒子竟哭了，對他外婆說，「請您不要傷心，到床上休息一下吧？我以後不會讓外婆生氣了。」

忠勇和我看了，不禁折服，他說，「以前妳說怕媽媽，我都不信，現在我才信了，其實不是怕她，是不忍傷她的心。」

我的家務事有佣人照料，孩子有母親督促，我也樂得清閒。等小兒子也進了小學，我就回到那所男中當專任教員，一星期只排了十五堂課，而且都在上午。可說是輕鬆愉快了；我既不會為了教學而荒廢了家庭主婦的職責，也不會整天在家，悔恨著白讀了那許多年書，都派不上用場了。當了老師後，我的日常生活增添了不少情趣，心情也更活潑、愉快了。

只是母親卻說，「安寧，怎麼不生個女兒呢？也許第三胎會是個女兒也說不定，妳沒有女兒，將來會後悔的。」

我說，「有什麼好後悔的？」

媽暖暖的笑意，布滿了她的臉，「妳說呢？我要是沒有女兒，現在後悔不後悔？」

我高興得臉都發熱了，只覺得這一生還沒有被母親這麼誇讚過。

私下裡，忠勇也說，「我們再試一次吧？兩個兒子將來長大了，都變成太太的了，我們還有份嗎？生個乖巧的女兒抱抱，一定很有意思，而且她將來長大了，一定比兒子更懂得孝順，更能體會父母的心。」

我也動了心，終於又挺起一個大肚子，數著臨盆的日期，禱告著。果然是個女娃兒，忠勇忍不住，去買了一串鞭炮來放，鄰居都笑他，生兒子時，只看到他開心地笑，如今生了女兒，反倒放鞭炮慶祝了。

可歎的是，我在生產後竟高燒不退，輾轉病榻，在生死邊緣掙扎了將近一個月之久。醫生都以為我會撒手西歸了，但世上有這麼多我熱愛的人，我怎肯放手而去，我終於又奇蹟般地活過來了。

母親看我能起床走動了，再也忍不住，竟痛哭出聲，她說，「妳生兒子的時候，都很順利的，怎麼現在生女兒，差一點把命都丟了呢？」

夜裡，忠勇躺在我身邊，他也嘆息地說，「早知道妳會受那麼大的折磨，我也不期望有個女兒了。」

我憐惜地說，「我要是熬不過這一關，倒也沒什麼，反正人死了，也不懂得悲傷，也不會有什麼眷戀了，倒是你最讓我擔心了，也不知道你要怎麼把三個小孩帶大？」

忠勇說，「他們的外婆還很硬朗，我就把三個孩子託給她了。」

「你呢？」我驚異地問，「你要到哪裡去逍遙了？」

想不到他竟泣不成聲。

「妳走了，我活著有什麼意思？我要跟了妳去。」

我想起了一郎叔。

媽畢竟是錯了，誰說男女之情都是瞬息萬變的呢？誰說情愛都像火般熾熱，然後只成灰燼？

是忠勇給我的啟示，我才懂了，愛，該是源遠流長，不止息的；像涓涓的流水，細膩地，無聲地，滲透了每一個角落，貫注在生活中的每一個細節。愛是享用不盡的，我生而何幸，竟獲得了這份愛。

原刊於《聯合報副刊》，一九七五・十一・三〇～十二・十九

小夫妻

他們結婚八年的紀念日快到了，她本打算和丈夫進城去吃一頓飯，然後到百老匯看一齣舞台劇，看完了再吃頓消夜才回家，就和他們婚前一樣的。但數一數皮包裡的錢，才寥寥幾張綠鈔票，僅夠這個月的菜錢而已；只好在家慶祝了，就烤個他愛吃的巧克力蛋糕吧，上面插上八根閃爍的紅蠟燭，倒也蠻有意思的，雖似平淡無奇的慶祝法，但那糕點吃起來一定是甜甜的，就像他們八年來共享的日子，回味無窮的。

他們是在紐約認識的，那時她已離開學校，剛搬進一個女生宿舍，雖說是女生宿舍，其實那只是一個基督教會主辦的貧苦女人收容所。舍監是一個退休的女上校，掌廚的是兩個改過自新的酒鬼，滿臉的酒斑，手腳不停地發抖的，操縱電梯的則是一個半癡的巨人，而住在那宿舍的女人幾乎是清一色的寡婦或離婚婦人，靠救濟金過日的。按理說，那種環境是令人心寒的，幸好那宿舍竟先後住進了五個中國女留學生，她們年紀輕輕的，天天聚在一起，同桌共飯，大聲談笑，成了喧鬧的一群，女上校常把她們請進辦公室去說教，只有幸子從來沒有被召見過，只因她外表沉靜，女上校被她蒙騙了，不知那喧鬧中也有她的聲音。

小潔是個笑口常開的小美女，最常挨罵的。她很委屈地說，「好不公平，幸子從來沒有挨過罵，哪一天我要抓妳去自首。」

幸子抗議著，「別缺德，是妳自己喜歡招蜂引蝶惹來的禍。」說著就躲到小蝦背後要求庇護。小蝦說，「別吵，等下有兩個老鼠黨員要來找我，妳要不要下去跟他們打個招呼？」

幸子說，「謝了，我不敢領教。」

她倒見識過一個老鼠黨員，是個年近四十的博士，頭禿禿的，疏眉細眼，白白的臉，像被坦克車輾過似的，好平板。

小蝦說，「老鼠黨素質參差不齊，有老，有少，有白，有灰，妳看了就知道。」

那晚，裝在她房間裡的電鈴響了，她就跑到走廊盡頭的電話亭去接聽。

「幸子，樓下有人找妳。」門房裡的小姐告訴她，她無精打采地下樓了。有時，她走起路來，真像三餐都沒得吃飽似的。

「幸子，這是阿平，和阿隆。」小蝦介紹著。她看著那兩個男生，一個很秀氣的，像隻小小的白老鼠，另一個濃黑的頭髮，橫掃的眉，斗大的眼睛。「你是阿隆？」她問那個大眼睛的。

「別張冠李戴，我是李平，他是張西隆。」

原來他就是那個常掛在小蝦口中的人物，唸土木的，手頭闊綽，心眼好壞，常常換女朋友的。

等他們走了，小蝦問她，「怎麼樣？」

幸子說，「那阿平長得不錯。」

「別讓他把妳迷上了，他是個壞蛋。」

隔了幾天，是星期五，小蝦說，「阿平要在他公寓裡開舞會，明晚我們五個一道去。」

「我不去，我從來不跳舞的。」幸子說。

「傻瓜，那是他特地為妳開的迎新會！紐約西區只有妳一張新面孔，他不追妳，還追誰！有膽量的話，妳就去，他的花樣很多的。」

有什麼好怕的？她就去了。他興致好高，很熱心地教她跳舞。幸子的手擱在他肩上，好厚的肩膀，她的手總抓不牢。

她說，「好無聊，我以後不參加你的舞會了。」

他說，「誰還要妳參加舞會？下星期請妳到雷電城看電影。」

「我不去。」她很堅決。

「膽小鬼，又不是只有妳和我去，我找一大堆人替妳助膽，好吧？」

到了星期六，吃過晚飯後，小潔和小蝦跑到會客廳下象棋去了。

「妳們怎麼還不上去換衣服，都快八點了。」幸子說。

「我們今晚沒有約會。」小蝦說。

「不是阿平要請大伙兒去看電影？」幸子著慌了。

「妳上當了，別去。」在一旁觀棋的阿貴說。

她還是上樓去了，換好了衣服，等著。

果然只有他一個人來。穿了一件米色的風衣，很灑脫的。

「你的老鼠黨呢？」幸子問他。

「他們都不喜歡帶妳去看電影。」

「難得碰到你這麼有俠義之心的人。」她譏諷著他。

「妳說對了，」他臉色不變地說：「只有我肯帶妳出去玩。」

在暗黑的電影院裡，阿平握住了她的手，幸子急得手心直冒汗。

「你不放手，我就自己回去了。」她威脅著。

他好像沒聽到，只一味把弄著她的手指，她真想擰他一把，讓他失聲叫痛，但初次約會，總不好意思這麼潑辣，只好忍著。但她仍默默地掙扎著，根本無心看電影。

電影放映完了，舞台表演才開始，她看著那幾十個年輕、漂亮的女郎在舞台上踢著大腿，好整齊劃一的舞步。

「她們都是受過軍事訓練的，」阿平說，「可能是美國海軍儀仗隊的退伍軍人。」

「你當過兵沒有？」幸子不理他的胡扯。

「我當過空軍高砲的上尉，」他說，「我的部下都叫我老百姓組長。」

「為什麼？」「因為我不像軍人，只像個普通的老百姓。」他也不覺得難為情。

一個星期過去了，那天是星期五，她一走出地下火車站，就看到滿天的白。有生以來，她第一次看到雪，一路走著，她禁不住伸出舌頭，舐著飄落的雪花。

「別地方的雪可以吃，紐約的雪吃了會肚子痛的。」阿平說。

「你嚇了我一跳！你每天也在這時候下班？」

「早就下班了！」他說，「我在街角等了好久，耳朵都凍紅了，正想著，妳再不回來，我就找別的女孩子吃飯去。」

「宿舍裡有得吃，不希罕你的慈悲！」她說。

「我知道你們宿舍星期五都吃魚餅的，」阿平說，「我知道妳不喜歡吃魚。」

她就跟他到附近一家中國飯店去。那領班對他好親切，熟朋友一般。

「你是不是這裡的老主顧？」幸子問他。

「我每天都在這裡吃晚飯。」

「好浪費，」幸子皺著眉頭說。

「趁現在還沒有結婚花個痛快，以後有人搶著和我花錢，日子就不好過了。」

那領班過來問他，「李先生，我們這裡要找個收帳的小姐，請你替我打聽一下，有沒有人肯來幫忙，好嗎？我們一個小時付兩塊錢。」

「沒問題，我明天就替你找一個來。」

出了飯店，幸子說，「我想賺點外快，當明年的學費，你就介紹我去當收帳小姐吧？」

阿平卻說，「妳不行，我不要妳去做那種拋頭露面的工作。」

她哪裡肯依，硬是去當了一天收帳的工作，但是那滋味卻不好受，只被人當下女般地差遣著，吃飯時，拿著一個盤子到廚房去，像求食的乞丐。那晚回到宿舍，哭了一夜，好委屈的。他知道了，卻沒有絲毫的同情，只說，「誰叫妳不聽我的話。」

※　※　※

他來找她，總是不守時，不是早到，就是遲到。有一晚，說好了八點來的，結果九點才到。

幸子氣勢洶洶地下樓去，臭罵了他一頓，就轉身上樓了。但是不到十分鐘，她於心不忍，又下樓去了，幸好他仍在那裡等，那神情卻沒有一絲悔過。

「我們走吧？」反而是她覺得羞怯了。

「我帶妳去阿拉伯之夜。」

坐上了計程車，他們直奔往紐約南區，原來那是一家夜總會，專跳肚皮舞的。門票好貴，卻可以喝三杯酒，不加錢，他們點了濃濃的酒，他只一杯下肚就臉紅了，幸子酒量卻很大，三杯下肚，一點都不醉，仍神色自若的。

那舞女扭著腰肢，搖著裙擺，走下了舞台，在客人的桌邊，男人的眼前，炫耀著她的肚臍。

阿平說，「等那舞女走回舞台，我就要吻妳。」

她是個保守的女孩子，有生以來還未嚐過吻的滋味！那裡燈光雖暗，仍是公共場所，怎好在眾人面前丟臉！她呆望著那舞女又扭上台了。

他果真吻了她。也許肚子裡的酒精多少有點影響吧，她竟一點都不在乎了，只覺得這個世界很美好的。

第二天早上，她在餐廳裡碰到了小蝦。

「昨天晚上阿平帶妳到哪裡去了？」幸子說，「去看肚皮舞孃。」

「哦，是不是阿拉伯之夜？他以前也帶我去過的，他又在舊調重彈了。」小蝦無精打采地說。

幸子想問她，「阿平有沒有吻妳？」但是那句話卻說不出口，只鯁在心裡，好難過。

※　※　※

他帶她看了無數次的電影，他卻總是騷擾著她，害得花了不少錢，卻連電影的片名都不知道，更甭提內容的好壞了。

自從認識了阿平，她就不必吃宿舍裡的魚餅了，一到週末，三頓飯似乎都是在館子裡吃的，幸子說，「你會破產的。」

「不要緊的，我要娶個有錢的太太，嫁粧好多的，將來就不怕窮了。」

幸子回到宿舍，悄悄地拿出自己的銀行存摺，一看，才三百塊錢哪能算富婆？她心裡好難過。

但是他白天打電話到她辦公室去，晚上就到宿舍裡來，她被鬧得心裡恍恍惚惚地，總像走在雲端似的。

小蝦卻說，「別把他當真，我是過來人。」

阿貴說，「不要理他，妳多存點錢，回學校去唸書，找個斯文的好男孩。」小潔，是她的心腹之交，也澆她冷水，「他沒有好心眼，跳舞的時候總把女孩子抱得好緊。」

敏敏也插嘴了，「妳要提防他一些，他那對大眼睛，看著女孩子總是很多情的樣子。上個月我們一伙兒去打保齡球，妳還記得吧？他還自動上來教我呢，好慇懃的樣子，誰知昨天在路上碰到他，他卻根本不記得我這個人似的。」幸子都聽進去了，牢牢地記在心裡。

有一天夜裡，他對幸子說，「到我家去坐坐。」

她的神經都繃緊了，卻不願當面推卸，就跟著他回去了。

阿平說，「我冰箱裡有可口可樂妳要不要喝？」

她僵直地坐在沙發上，只微微地搖頭。

他斜著眼，看著她，也不堅持，只換了一件乾淨的襯衫就一道出門了。

隔了一個星期；他又說，「到我家去坐坐。」

「你又要回去換衣服？」她懷疑地問。

「不是，我昨天特地煮了一鍋綠豆湯，冰起來了，要請妳去吃。」

「我不餓，」她忙說，「而且我不喜歡綠豆湯。」

他笑了，「妳這樣防著我，有什麼樂趣在？簡直是以小人之心度君子之腹。」

她的心思被看穿了，連耳根都紅了，只吞吞吐吐地把所有罪過都推到她幾個女友身上。

阿平笑著說，「她們把我看歪了。女人是水做的嚒！對她們友善、體貼是應該的。聽妳的形容，好像我一看到女孩子就著迷似的，豈有此理！」

「小蝦也說你帶她到好多地方玩的。」她說。

阿平笑得嘴都合不攏來了。

「以後有機會妳不妨問問她，我有沒有和她單獨出遊過？」

每天在一起，她覺得自己越來越受他影響，越來越不像自己了。

他們的興趣很不同的，他讀工，她唸文；她好靜，他好動；他喜歡運動，她卻四體不勤；她愛古典音樂，他卻只肯聽輕音樂；他只看工程書和言情小說，她卻笑他低級趣味。

有一天，她把一本小冊子塞進他的大衣口袋裡，只說，「你回去讀讀看，蠻有意思的。」他抽出那本書一看，原來是徐志摩的譯詩集，他像拿到了燙手的東西似的，忙又遞還給她。

「別想教育我，我的肚子裡裝不得詩詞的，」他說，「我總共只會一首〈長干行〉」。

「你偏愛李白？」她好奇地問。

「才不呢，我有一個青梅竹馬的女朋友，長大了以後就不理我了，我只好背那首詩，自我安慰一番。」

「可憐的阿平，心都碎了。」

他笑著說，「就是我表姐嘛，好漂亮的，我一心想娶她的，可是她等不及了，我十二歲的時候，她就嫁給別人了。」

※　※　※

他常帶幸子到紐約東區的德國城跳舞，那裡奏的全是德國音樂；古老、熟悉，而優美的音樂。

「如果有人過來請妳跳，」他吩咐著，「妳就說累了，要休息。」

他是顧慮太多了，從來沒有別人請她跳過。怎麼會呢！那些金髮碧眼的洋人怎麼會找一個衣冠不整，五官平凡，又不懂得打扮，身材只像一個十二歲女孩的中國少女跳舞？

但他總是擔心著常常囑咐她，「不要跟那些洋人跳舞」。她忍不住了，就悄悄地問白鼠阿隆，「怎麼搞的，阿平老囑咐我不要和洋人在一起？」

阿隆說，「去年李平交上了一個西班牙女孩，兩個人打得火熱，後來那女孩當了真，就纏著他不放，熱情得一塌糊塗。李平哪裡肯娶一個番婆子？就逃之夭夭了，從此一看到洋女人，就躲得遠遠地。」

有一夜，他們又到德國城去跳舞，到了深夜兩點多才回宿舍，在走廊上，她碰到了小蝦，正要去浴室。

「妳瘋到哪裡去了？」

「阿平帶我去跳舞。」

「是不是到德國城去了？以前他也帶我去過的。」小蝦微帶厭煩地說。

幸子問她，「只有你們兩個人去嗎？」

小蝦皺著眉，躊躇了一下才說，「我也不太記得了，大概還有阿隆和阿貴。」

幸子笑了，「大伙兒在一起玩比較有意思。」

※　※　※

她自以為上了七重天，哪知一下子就跌了下來。他突然沉默了，連續五天，她沒有看到他的影子，也沒有聽到他的聲音，他好像失蹤了。幸子每天等著，但房間裡的電鈴不再嚮了，她像得了重病一般。如果她能獨自忍受，倒還罷了，最難挨的是吃飯的時候。

小蝦幸災樂禍地說，「他要鳴鼓收兵了。」

阿貴說，「誰說他失蹤了，我昨天還在地下火車裡碰到他！他還笑嘻嘻地要我替他向各位小姐問好呢！」

敏敏也說，「紐約大學那個男孩子又漂亮，又斯文，妳卻一看到阿平就撇下他不管了，好沒有良心的女孩子。昨天他老遠跑來找妳，妳還是不肯陪他出去，也不曉得妳做什麼打算！難道妳還期望阿平回心轉意不成？」

只有小潔同情她。

「妳打算怎麼辦？」

幸子灰心地說，「我不去伊利諾了，那裡學費太貴了，我還是到加州去唸好了，要走就走得遠遠的，免得有牽掛。」

小潔說，「這也是一個辦法，但是妳要申請西部的學校，動作就要快些，否則九月走不成。」

「可是我沒有打字機。」幸子很氣餒。

「打個電話，向李平借。」

「妳是什麼意思，要我打電話給他？」

她快要哭出來了，「我死也不幹！」

「就把他當普通朋友吧！打個電話借他的打字機有什麼不對。」

幸子想了一夜，宿舍裡已靜悄悄的，她才拿了一個一毛錢的硬幣，也不願搭電梯，就爬下了五層樓梯，到底層的公共電話亭去。

「哈囉？」阿平竟然在家。她本以為他一定帶別的女孩子出遊了。

「我是幸子。」

「喂，小鬼，妳害我在電話旁邊守了五個晚上，怎麼今天才打來？」

「你是什麼意思！」她心裡的悲哀和絕望，一剎那間都化成了憤怒。

「別那麼兇。」他嘻笑地說，「我把妳寵壞了，天天去看妳，妳也沒有一絲感激，對我還兇巴巴的。阿隆說，我是一個風雨雪無阻的傻瓜！」

「你想報復？」

「哪裡敢？只是想做個試驗，妳沒有我，能活幾天？」

她狠狠地把電話掛斷了，一路爬著樓梯，心裡想哭，又想笑。

她還沒有開門進房，就聽到了一陣急促的鈴聲，她就衝到電話亭去接了。

「喂，小鬼，剛才妳打電話來有什麼事？」幸子已沒有脾氣了，「只是想借你的打字機。」

「借打字機幹什麼？」

「伊利諾太貴了，我讀不起，想申請到加州去唸。」

「妳想回學校？」他真的嚇了一跳。

「你以為我打算一輩子在紐約浮沉？」

「嫁給我算了，妳來替我燒飯，洗衣服。」

她思量了好久，卻抓不準他的心思，也不知他是真心，或是開玩笑的。

「你到底借不借我？」她口氣好兇的。

「我馬上拿過去。」

沒多久，他真的提了一個黑箱子來了。

「我們出去走走，」他說。

他們到街角的一家冰店吃冰淇淋，兩個人在角落裡低聲地說著話，等冰店要打烊了，他才送她回去。

第二天，她很想問小蝦，「阿平有沒有向妳求過婚？」

但是她沒有勇氣問。

此後，他又恢復了慣例——白天打電話，晚上親自上門來。幸子被他搞得心神不屬，白天想著他，夜裡想著他。

有一夜，他們冒著冬風，在哈德遜河邊散步，他說，「妳整天纏著我，乾脆嫁給我算了，我是命中註定要被妳纏一輩子的。」

她氣得熱氣直冒，「你鬼話連篇，到底是誰纏誰了？我才不嫁給你！」

「妳不嫁我就拉倒！還是光棍生活自在些，而且我還沒有放棄追富家女的野心呢！」

他天天來，夜夜來，把一些常來找幸子的男孩都給趕跑了。他說，「那些傻小子，不懂得近水樓台的好處。」

「你安的什麼心？」她質問著。

「我是施行隔離政策。等妳把所有的男朋友都得罪光了，只好嫁給我。」

「我才不嫁給壞蛋。」

「妳是非我不嫁的，以為我不知道？」他很有自信地說。

※　　※　　※

他們在百老匯街散步，到中央公園散步，在哈德遜河邊散步，她老是把手掛在他臂彎裡，阿平說，「嫁給我吧，不然我狠下心娶個富婆，妳就眼淚掉個沒完的！」

她有小病，阿平就帶她去看醫生，他卻沒有一點俠氣之心，只說，「妳不嫁給我，將來有了病痛，誰要照顧妳？」

他們去飯店吃飯，他總是點幸子喜歡吃的菜。他說，「嫁給我吧？妳點了蠟燭找，再也找不到像我這麼體貼的男人。」

他很會講故事，很懂得幽默，很會裝傻，總使她笑口常開的。他說，「嫁給我吧！不然妳的生活就沒有樂趣了。」她厭煩了辦公室裡單調而忙碌的工作。他說，「妳如果嫁給我，就不必做事了，只在家燒飯、洗衣服。」

在寒風中，他熱熱地吻著她。「嫁給我吧？」他說，「不然妳就嚐不到吻的滋味了。」

他帶她去划船，開車去郊遊，一起打保齡球，他教她看電視上的棒球賽，和美式足球，她看懂了，也著了迷。「嫁給我吧，」他說，「我還可以教妳好多事。」

她被食物嗆住了，他拚命拍打著她的背；她在冰上跌了一跤，他扶她一把；她跌腫了，他幫她揉散了青腫；她的手冷了，他為她買皮手套；她的皮包被偷了，他買了一個新的給她用；她喜歡櫥窗裡的玩具狗，他就到店裡去抱了出來，下雨了，他替她撐傘；颳風了，她緊靠著他，這一切都成為他求婚的理由。他說，「妳嫁了我，好處多的是。」

她漸漸地被說服了。

有一晚，已經深夜兩點多了，他們還在街上游蕩著，快到她宿舍的門口時，阿平突然緊緊抱住她。

幸子嘻笑地問，「你中了什麼邪？」

他說，「和妳在一起，就有很充實的感覺，妳一走，就很空虛似的。」

她好受感動，已死心塌地要嫁給他了，可是他偏又不求婚了，只轉身就走。

※　※　※

那一晚，是冷冽的二月天，他們已認識了半年，他也斷續地向她求了兩個月的婚。外面雪下得好大，他們在他公寓裡聽著音樂。他嘆著氣說，「妳要是肯嫁給我，我就不必三更半夜冒著風雪送妳回去了。」

她說，「你爸媽怎麼不到我家去提親？」

他嚇了一跳，差一點從沙發上跌下來。「妳說什麼？」

「我要你爸媽到我家去提親，」她羞憤交加，已經準備要哭了，他卻火上加油地說，「妳真的要嫁給我？這麼快？」

她哭著說，「原來你沒有一點誠意！你天天求婚都是尋我開心的！」

她跑到浴室裡去了。阿平好慌，只砰砰地拍著門。

「小鬼，妳出來，妳選個日期好了，我們就結婚。」

她不答理。

「小鬼，我明天就去買訂婚戒指，妳陪我去選。」

他在浴室門外，說盡了好話，賠了不少罪，她才出來了。

她說，「你不把我當一回事。」

他也不敢再那麼吊兒郎當了，只擺出一副誠懇的樣子。

「我是真心誠意向妳求婚的，只是妳一向不理不睬的，也不給我一點心理準備。昨天向妳求婚，妳還裝著沒聽到，怎麼今天就答應了，妳這麼變來變去，叫我怎麼適應？」

當晚，他們就商量好了，三月底，他生日那天訂婚。

第二天晚上，他到宿舍去，把幸子的女朋友一個一個請下來，向她們宣佈訂婚的消息，並邀她們參加訂婚禮和宴席，她們以為他在開玩笑，沒有一個肯信他的話。

幸子容光煥發地站在他身邊，向她的女友們保證，他們是真的要訂婚了。

小蝦呆在那裡，只連聲說，「沒想到，沒想到。」

私下裡，小潔卻抖出了她心中的顧慮。

「他雖然要和妳訂婚了；妳還是防著他些。」

幸子說，「我懂得妳的意思。」

「萬一他在訂婚以後又變了卦怎麼辦？」小潔仍不放心。

「那我就跳哈德遜河去！」她笑著說。

其實，她是早就抱定了跳河的心理了；她是壓根兒沒有信任過他的。以後雖然結了婚，也不知能不能持久呢！但她也管不了那麼多了。她總得冒點風險的，總要跳下去，才知河水的冷暖。小潔不懂她的話，還以為她要自殺呢，忙勸她，「如果他變了心，就不算人，妳還為他殉什麼情！」

※　　※　　※

訂過婚後，他猛買東西送她。幸子說，「都要嫁給你了，你還亂獻慇勤！」

他說，「妳不懂，以前買東西送妳，是做的賠本生意，如今再也不怕妳逃到西部去了，我送妳的東西，將來都成了妳的嫁粧，一齊都送還我了，我是一點都不吃虧的。」

※　　※　　※

他們說好了，在七月中旬結婚的，只是有一天晚上，他們去參加了一個朋友開的舞會，一個遠地來的男孩，不知底細，竟纏著幸子不放。她好快活，就跟那男孩談笑個不停，只把阿平撇在一邊了，主人看不慣，就把那男孩叫到一邊，悄悄地說著話，那男孩帶著一臉的失望回來了。

他說，「原來妳已經名花有主了。」

「名花，名草，我都算不上，我要嫁給那個大眼睛的男孩倒是真的。」

「那我們是相逢恨晚了。」

她聽了好開心，大讚那男孩有詩意。

阿平再也忍不住，就把未婚妻挾走了。

他說，「那男孩灌了妳什麼迷湯？」

幸子笑彎了腰，「他說我們相逢恨晚。」

阿平憤憤地咬著牙，「那麼肉麻的話，妳也愛聽！」

第二天一早，他就來了，對幸子說，「我不耐煩等到七月了。我們就在四月結婚吧？」

「你瘋了！現在都已經四月了，怎麼來得及！我媽也還沒有開始做我的新娘裝呢！」

「新娘裝小事情，我去買一件給妳就是。」

「來不及的，」她說。

「妳是懶蟲一個，只等著當新娘就是了，婚禮的細節有我安排，妳還擔什麼心。」

「來不及的，」她還是那麼一句話。

「那我們就私奔，可以省掉許多麻煩。」

「你休想，我一生也只當一次新娘，我要穿長長的曳地十尺的白禮服，我要走那條長長的教堂中間的通道。」

「女人都是一個模子造出來的，只注重形式。」

※　※　※

他果真花了二百塊錢為她買了一件美得令人暈眩的新娘裝，她穿上了，竟覺自己腰好細，真有點新娘的味道了。

婚禮是在五月初舉行的。她按著華格納的樂曲，走進了教堂，然後把手掛在他的臂彎裡，兩人按著孟德爾松的樂曲的節拍，踏著輕快的步子，走出了教堂，她就成了阿平的老婆了。

蜜月時，他猛踩著油門，把公路上一長排的汽車都拋在後面了，突然一輛警車從後面嗚嗚地追上來了。那警伯說，「少爺，請你開慢點行嗎！這是限定七十哩時速的公路，你卻開一百哩，你還有什麼話說？」

阿平一點都不害臊地說，「我剛娶了老婆，心情好得很，天又快黑了，不自覺地就加快了車速。」

那捉人的也是人，很有人情味的，「你是情有可原，只罰你十塊錢，可是你要再被我捉到了，你就別想度蜜月。」

他們以為這世上只有兩個人，至少在他們的世界裡，只有他們兩個人存在。

但是他父母寫信來，他弟妹也寫信來，她的媽更手不停筆地給她信，她的兄姐也來信，她的朋友也來信，信好多，他們都過目了，但只丟在牆角。有半年吧，他們沒有和家人聯絡，她母親都快急瘋了。

後來，她的肚子挺得很高了，她才記起來了，「我該給媽寫信了。」

阿平望著她的肚子說，「妳是我們李家的人了。」

他好溫柔，好體貼，好喜歡她。幸子挺了一個大肚子，好驕傲，好幸福。

終於生下了一個喧鬧怪叫的男孩，她一心都繫在那小男孩身上。兩個大孩子緊張地把捏著一個小孩子，越照顧越沒有了心得。結果把個胖娃娃照顧成一個小可憐，忙送進醫院去。她下定決心，萬一兒子逃不過這一關，她也要跟了去。幸好，醫生仁心仁術，把小搗蛋好好地送還了他們。

兩個人興沖沖地收拾了行李，就搬到一個小山城去了，他又回復了學生的生涯。阿平說，「我不拿個博士學位，妳會一生都後悔嫁錯了人。」

他們掙扎在赤貧的邊緣，但生活很單純而快樂。沒有了物質的需求，沒有了都市的誘惑，他們只知享受著鄉居的情趣，體味著夫妻的恩愛。然後她又生了一個孩子，是個貓樣的小女孩，連她的哭聲，做母親的也聽得心醉了。

阿平說，「妳重女輕男！」

幸子反駁著，「你重男輕女！」

「妳猜對了。」他說，「再替我生個兒子吧？」

她卻覺得生孩子太痛苦，養孩子太費心神，她決定洗手不幹了。

掙扎了三年，他終於得到學位。畢業那一天，他說，「妳沒有嫁錯人吧！」

※　※　※

他們又回到東部的紐約。幸子說，「老是住公寓不行的，女兒還不要緊，那野男孩都要造反了。」

他就拚了命加班，賺錢，不到兩年，就買下了一幢房子，她選的。

她說，「你喜不喜歡我們房子的式樣？」

阿平說，「反正我人是妳的，房子也是妳的，妳喜歡的，我就喜歡。」

幸子說，「你兒子和你一模一樣，說話總是不正經，加了糖，又加了蜜。」

「他說了什麼不中聽的話了？」

「昨天夜裡我起來幫他蓋被，把他吵醒了，他說，『媽，我好愛妳！』」

「小鬼，怪不得他的，有其父必有其子嚒，兒子和老子一樣傻。」

「我也好喜歡你的，」她由衷地說。

「我知道，妳是嫁對了，不然怎麼會天天嘻嘻哈哈的？我為了討好妳，頭上都長了不少白頭髮了。」她翻弄著他一頭濃黑的髮，果然在鬢邊找到了幾根催人歲月的髮絲。

「可憐的阿平，真的是老了。」她不忍地說。

「妳別得意。我九十九歲的時候，妳也九十八歲了，年輕不到哪裡去的。」他幸災樂禍地說，「我的天，我要一個九十八歲的老婆幹什麼？」

只要有他陪伴，她倒不在乎年老。想的是，果真兩個人都活到近百，不知道要烤多大一個蛋糕，才插得下那七十五根蠟燭！

原刊於《聯合報》第十二版，《聯合副刊》，一九七〇・八・十九～二十

坐在窗台上的沉思

千春一個人住在紐約，每天坐短程的地下火車上下班，週末和朋友一道出去玩，日子過得很自在而逍遙。其實，她雖是個單身女子，卻已心有所屬。她和亞倫已經交往了三四年，雖分住在美洲大陸的兩岸，但亞倫在每個月的第一個週末都會飛來紐約與她相聚；有時千春也會去加州找他。

當然不免有人心裏納罕，為什麼這樣一對年輕男女，竟能忍受如此聚少離多的日子？難道說，他們彼此愛得不夠深？可是，看他們在一起時，卻又親親熱熱，難捨難分；真讓人搞不清他們之間的感情。

千春畢竟還很年輕，以為這種逍遙而無憂無慮的日子會無限期的延伸下去。怎知，她竟生了病；只覺全身乏力，胃口全無；有時強迫自己吃點東西，卻都留不住，全吐了出來。她不免心焦，只得去找醫生，看看到底是什麼毛病。檢查的結果，她根本沒有病，卻是懷了孕！她有點驚慌，有點懊惱，有點手足無措；想來想去，不知怎麼辦，只好飛去舊金山，找亞倫商量。

亞倫倒是很鎮靜，他去買了一只鑽石戒指，給她戴上，兩人就這麼訂了婚，算是為孩子的未來做了打算。她也答應亞倫，六個月以後，在孩子出生以前，她會搬到加州去跟他結婚；為孩子建立一個家庭。

如此安排之後，千春心安了許多，於是道別了亞倫，又坐上飛機，飛回家。

本來從加州飛回東岸，只有五個小時的旅程，並不算長。可是那天她卻覺得特別的疲累，半路上，飛機又碰到了亂流，機身顛躓得很厲害，使她嘔吐不止；真覺得狼狽不堪。好不容易下了飛機，她帶著遲緩的腳步去領行李。她望著那旋轉不停的運送帶，頭也跟著暈眩了起來。只好退到角落裏，閉著眼休息。

「小姐，妳是不是不舒服？我能幫忙嗎？」

她嚇了一跳，忙睜開眼一看，只見一個年輕男人站在她面前，正關切地望著她。

千春不禁臉紅了。「我沒事，只是頭有點暈。休息一下就好了。」

她打量了一下那男人，只覺他那對眼睛，帶着深遠的，沉鬱的神采。但是他的嘴角卻浮著一絲淺淺的笑意；是個很好看的男人。

「妳還沒有取到行李吧？要不要我幫忙？」那人又很關心地問。

她卻搖搖頭，拒絕了他的好意；然後低著頭，說了聲對不起，就躲進厠所裏去了。等她又出來時，那個男人已經不知去向。

一個月過去了，又逢到週末；千春的好友藹美約好了一伙朋友到中城區去吃飯，她當然也參加了。

那晚，只見一張大圓桌擠得滿滿的，都是平日常在一塊兒玩的老朋友。千春正跟著大伙兒吵吵鬧鬧，談天說笑呢，怎料無意中抬起眼，卻瞥見了一個似熟悉又陌生的身影；她一驚，把說了一半的話都吞了回去。

原來竟是在機場碰到的那個男人。

那個男人走了過來，笑著跟靄美打招呼，然後就在千春旁邊擠坐了下來。

千春有點難為情地挪了一下身子，淺淺地點了點頭，算是打了招呼。

「妳今晚氣色好多了，」那人笑著說。

千春也笑了，臉上卻飛過一層紅暈。

「嘿，漢斯，你是怎麼認識千春的？」靄美好奇地問，又回過頭來看千春，「真是奇事！漢斯是我新來乍到的上司呢，妳怎麼就認識了？」

漢斯帶笑解釋道，「上個月我從舊金山飛來紐約，正巧在機場踫到她。其實我根本不知道她的名字，不過還記得她的模樣。」

千春一臉的尷尬，卻同意地點點頭。

靄美是個喜歡打破沙鍋問到底的女孩。「奇怪，妳到機場去幹嗎？去接亞倫？」

千春被逼急了，只好舉起左手，讓大家看清了她的無名指上那顆閃亮的鑽戒。「上個月我到加州去找亞倫，還跟他訂了婚。」

她這麼輕輕鬆鬆地把訂婚的消息宣佈出來，卻引起了眾人多少的訝異！都群起而攻之，說她真會保密，真不夠朋友！大夥兒吵吵嚷嚷地，要她請客，還要她把訂婚的細節從頭到尾說出來。可是千春卻一句話也不肯多說，只是笑；只顯出一對深深的酒窩。

藹美卻又逼問，「你們準備什麼時候結婚？」

「大概半年以後吧？」

「在哪裏結婚？」

「我們說好了，我會搬到加州去。」

也許就憑著機場那一面之緣吧，當天晚上千春與漢斯談得很融洽，有說不完的話。晚餐結束時，大家說好了賬單要平均分攤的，可是漢斯卻堅持要替她付帳；而且堅持要送她回家。

他說，「我開車子來的，一點也不費事。」

「你車子停在哪裏呢？」

「只隔幾條街，走路大概十分鐘左右。妳會不會太累？」

「沒關係，我喜歡走路。」

原來外面正是落英繽紛的早春之夜，那沿街的兩排木蓮花飄落了滿地的花瓣，把人行道撒成一條連綿的粉紅色地毯。

他們穿過幾條街，來到一個很熱鬧的地段，只見街道的兩旁全是高級的商店。

千春踏著粉紅的花瓣，恍惚之間，忘了自己身在何處，只陶醉在春夜的甜蜜與芬芳裏。

漢斯說，「這附近有一家很優雅的酒店，我們去那裏喝杯飯後酒怎麼樣？」

「對不起，我不能喝酒。」

漢斯轉過頭來，疑問地望著她。

走過半條街以後，千春才又解釋，「我不能喝酒，因為我已經懷了三個月的身孕。」

兩人默默無語，剛才飯店裏的喧嘩，還有他倆說不完的話，如今都顯得很遙遠了。

千春以為從此再也見不到漢斯了；怎料，才隔兩天，他竟打電話過來了。

「我一個人在家很無聊，想去看場電影，妳要不要陪我去？」

於是兩人一道去看了一場電影。

隔了兩天，他的電話又來了。「喂，我過去陪妳看電視怎麼樣？」

於是他來了，還帶來了一盒她最喜愛的意大利糕餅。兩人一邊看電視，一邊吃點心，一邊聊天。只覺一個晚上，一眨眼就過了。

臨走時，他到處看了看，看到廚房的水龍頭壞了，水滴個不停。「下次來，我會幫妳修。」他說。

果然第二天他就帶來了工具和橡皮圈，把舊的拿掉，新的給換上了。從此，她不再被那自來水滴滴答答的聲響所騷擾。

到了週末，他又打電話來了，「今天天氣好棒，是逛動物園的好日子；怎麼樣？肯不肯陪我去？」

千春不禁躊躇了起來，只覺兩人太勤於見面；可是她又不知道怎麼拒絕這個新朋友的邀約，只好勉強答應了。

他們簡直像出門遠足的學童一般，好興奮地看著猩猩耍把戲，看北極熊游泳；然後又去看獅子走圈圈，看老虎踱方步；等到日落西山，才離開了動物園。漢斯提議到野外去兜風，然後要請她到一家意大利餐館吃晚飯。千春整個心漲滿了小女孩一般的無憂無慮與快樂，什麼都不管，什麼都任由他安排了。

那一晚，他們回到城裏時，夜已深沉。

千春心想，原來動物園那麼好玩，下一次亞倫來紐約，她要帶他逛動物園。

可是，等亞倫真的來了，千春卻不知怎的，已經沒興致去動物園了。

她每隔幾天就跟漢斯見一次面；其實都只是心血來潮，臨時的安排而已，根本不能算是約會。怎麼可能是約會呢？他親眼看到了千春手上的戒指；她也親口對他說了，她肚子裏懷著另一個男人的孩子。

她有時不免自問，為甚麼漢斯願意交上她這個朋友？一定是出於憐憫之心吧？

她知道，漢斯並沒有什麼存心，他只不過是個有俠義心腸的男人，不忍心看她一個獨身女子，又懷了身孕，卻必須單獨應付一天又一天的日子，所以他處處想得很周到，不但家裏的事他樣樣幫忙，而且還陪她看電視，約她一塊兒出去散步。

其實她根本不希罕別人的同情，她並不是個被遺棄的女人，她的獨居是她自己的選擇，是她的意願。

但她也不得不承認，有時真還需要漢斯的幫忙。她沒有車，所以漢斯每個週末都會開車帶她去買菜，還幫她提菜籃。常常在電梯裏踫到鄰居，他們都以為漢斯是她的丈夫，她只笑了笑，算是承認了，都懶得說破。即使想解釋也很難吧？誰會相信，兩個不相干的男女，天天在一起？

他們天天打電話，天天通伊妹兒。兩個人寫的很勤，千春特別喜歡看他的來信，常常印出來，放在抽屜裏，沒事就取出來看。他信寫的真好，有時很風趣，有時卻讓她深思，真是百看不厭。可以說，白天裏，千春時時在期待著他的信。他的信一來，千春就一臉的燦爛；沒有他的信，就覺得一天好漫長。等下了班，她更期待著他來，與她做伴。

藹美知道他倆常常在一起，不禁有點遲疑地問，「漢斯是不是愛上妳了？」

「別開玩笑好不好！怎麼可能？」

「妳呢？妳是不是很喜歡他？」

「我當然喜歡他；我喜歡他就和我喜歡妳一樣，你們都是我的好朋友。」千春露出她的酒窩，甜甜地反問，「妳不是也很喜歡他嗎？」

「哎，別提了，他根本就把我當做男同事一般的看待！」

千春躊躇了半天，才帶點羞怯地問，「你們同事裏面總有人跟他很熟吧？總有人知道他是不是有女朋友？」

靄美深深地望了她一眼，然後輕輕地笑了。「沒聽說呢；也許妳比別人都還知道他的情感生活？」

「什麼話嘛！」千春有點委屈地抗議着。

雖說她矢口否認，可是私底下，千春也不免自問，到底她和漢斯之間的關係是不是像她所說的、所想的那麼單純？為甚麼他們天天都要見面？有時一天不見，她就坐立不安，就很想念。

可是她很能克制自己；他來了，她歡天喜地，他不來，她也不追究。她從來不質問他的行蹤，不探究他的私生活。有時，她不免好奇，想直接問他本人，到底他有沒有女朋友；可是她問不出口。

然後天氣漸漸地暖和了，她把身上的衣服一件一件地剝下來，都已經到了初夏時分。她的肚子挺出來了，再也沒得遮掩。她每次去看產科醫生，漢斯就很緊張；總怕會有什麼差錯。

「要不要我開車帶妳去？」

她當然不肯答應；這該是亞倫的責任；亞倫是孩子的父親，可是他卻遠在天邊。雖說如此，她總不能讓漢斯代勞？

「妳既然不肯讓我陪妳去，那麼檢查完了以後，就打個電話給我，讓我放心，好嗎？」

她總是默默地點頭答應了。果然，每次看了醫生以後，她就乖乖的先打電話給未婚夫，然後再打給漢斯。

她的衣裙，洋裝越來越小了，再也擠不下，只好開始穿孕婦裝。她和漢斯在街上走，常常看到路人投過來贊許的眼光和愉悅的微笑。他們也都點點頭，以愉悅的笑容回答。有的人還會走過來問，「你們的寶寶甚麼時候會生呀？」

有的人打量了他們一下，就很肯定地說，「你們的寶寶一定會長得很可愛。」

這些尷尬的話聽多了，她不禁痴痴地想，也許別人的話沒錯？她看著鏡中的自己，心神有點恍惚地想，若孩子是她和漢斯的，真會長得很好看嗎？漢斯呢？他會不會很疼那孩子？

然後孩子開始在她肚子裏踢了起來；她又驚又喜，要漢斯摸她的肚子，要和他分享新生命的神奇。

漢斯把臉枕在她的肚子上。「果然有個小傢伙在那裏面搗蛋呢！真是不可思議！」

從此，他每次來，總會笑著要求，「我來聽聽小傢伙今天有什麼話要跟我說。」

她不肯承認自己愛上了另一個男人；怎麼可能呢？她再兩三個月就要結婚了，要和肚子裏的孩子的爸爸結婚，所以她怎麼可能愛上另一個男人？

只是，她如何解釋自己的感情？每次漢斯剛走出門，都還沒有轉過街角，她就已經開始懷念他了。她總是站在窗前，望著他的身影漸漸地遠去，心裏一陣的空虛。若是有一兩天沒看到他，日子就會覺得很難挨，心情就很苦悶，真有一日不見如隔三秋的漫長。

漢斯也說，他從生下來到現在，從來不曾對任何人像對她那樣的關心，那樣的牽罣。只是，他從來沒說過他愛她。這句話，他怎麼說得出口？

有一次，靄美來找千春，正好漢斯也在，三個人有一搭沒一搭地閒聊。後來漢斯走了，藹美很嚴肅地說，「千春，妳到底有什麼打算？」

「我要有甚麼打算？」

「妳還想嫁給亞倫嗎？還是另有打算？」

千春低下頭，望著自己的肚子，「我會為孩子著想的，妳不必擔心。」

自從那一次被靄美質問以後，千春有了警覺之心，她開始憂慮別人怎麼想，是不是都在她背後指指點點，說閑話？

漢斯也未免擔心外人的批評；其實他一直就不願讓他的朋友知道千春的存在。千春本來不了解他心裏的糾葛，直到有一天，他們一起去參加了一個婚禮。

千春為了參加那個婚禮，還特地去買了一件新衣。可是那一夜，兩人到達禮堂以後，漢斯一下子就不見了蹤影。她張望了半天，終於才看到他，正和一群男女聊着天。她不願去打擾那些人，就獨自一個人退到角落去了。整晚，漢斯都沒有回來找她；只見他一下子跟這個女孩跳舞，一下子跟那群男人說笑。他似乎玩得很開心，根本都忘了她的存在。

結果，酒席才過一半，她就溜出來，自己坐計程車回家了。

那一夜，很晚了，她都已經上牀，漢斯才打電話來向她道歉。千春卻無法釋懷；她決定從此不再與他見面。

可是下決心是一回事，真要做到，卻很難。漢斯第二天寫了一封長長的伊妹兒給她，向她解釋糾結在他心裏的矛盾與怨嘆。他並不否認，在婚宴上，他故意遠離她，因為他不願在場的朋友看出他們之間的親密，因為他怕人猜疑，怕人質問，為什麼天下女人那麼多，他卻老跟著另一個男人的女人在一起？到底他在千春的生活中扮演著怎樣曖昧的角色？

她看了信以後，只有嘆氣，哪裏還忍心埋怨？

只過幾天，他們又恢復了往來。

然後秋天到了，一陣風，一陣雨，帶來了蕭條與寞落。該是她離去的時刻了；她已經通知了房東，要退掉房子；也已經向公司提出了辭呈。若再拖延不走，就要變成無家可歸的無業遊民了。

漢斯每天都來幫她收拾衣物，裝箱；公寓裏滿眼的狼藉紊亂。

「妳明天就走？」

「嗯。」

「會有人來接妳？」

千春只點點頭，並沒說亞倫會來接她；因為她早就發覺，漢斯從來不曾提起過她的未婚夫，從來不肯說出他的名字。

終於一切收拾停當了；兩人默默地坐在那裏休息，都低頭沉思着。時間，在不知不覺中溜走，夜已深沉；漢斯起身告辭。在門口，他輕輕地吻了她的唇。千春還來不及反應，他已經退開了一步。

「再見了，」他說，「如果有一天妳想起我，就打個電話過來。」

她點點頭，卻無話。

他們就這麼分手了。千春站在窗前，望著街燈下他的模糊的背影，他已漸漸遠去。她的身子那麼重，雙腳已不勝負荷，只得在窗臺上坐下來。她坐在窗臺上，望著他漸漸遠去的背影；心想，今生還會再見到他嗎？她沉思了良久，心裏只有茫然。

原刊於《臺灣公論報》，二〇〇七年三月三十日

野渡無人

那天她一大早起來，先到後院去餵了豬和雞鴨，才回屋裡梳洗；然後到廚房去準備早餐；就跟平日一樣。等她把稀飯醬菜擺在桌上，她的爸媽也醒了；三個人就坐下來吃飯。她吃得快，因為趕著要去上學；兩個大人反正沒什麼事，所以慢吞吞地，一邊吃一邊聊些家常。

她剛要跨出門，她母親才說，「我差一點忘了；菊花啊，妳今天下課以後就進城一趟吧？把那隻母雞帶去給妳阿姐；她剛生了一個男娃兒，需要滋補的。」說著，她母親丟下碗筷，轉到後院去了。回來時，手裡拎了一隻被綁了雙腳的母雞。

「妳好好拎著，別讓牠跑了。」

「媽，不用擔心，我會抓得很緊的。」

菊花肩上揹著書包，手裡提著那隻雞，就這麼出門了。在路上，她踫到幾個女同學，她們先是好奇地打量著她，然後都掩著嘴笑了。一些男同學可就沒那麼含蓄了。

「喂，妳是不是月考不及格，所以要去巴結老師，請他給妳加分數？」

菊花不搭腔，只顧往前走。

「妳怎麼搞的，帶了一隻母雞上學？學校又不是屠宰場。」

菊花轉過身去，望著她的好友敏子從後面追趕了過來；她想展開笑靨相迎，但不知怎的，卻笑不出來，心裡隱隱約約地有一絲的委屈。本來她覺得，提一隻雞上學有什麼了不起？可是走到半路，那負擔越來越重了。她只得從右手換到左手，隔了一陣子，手瘦了，又從左手換到右手。每次換手，那母雞就「咯咯咯」地叫，好像在抗議。

「我來幫妳拎。」敏子說。

「不要緊，學校快到了。」

「到底是怎麼一回事？」

「我媽要我放學後進城去，把雞送到阿姐家。」

「原來如此！我就知道一定又是妳那養母的餿主意！」

「妳為甚麼老是提起她是我養母的話？她對我那麼好，跟生母有什麼兩樣？」

「如果她是妳的生母，就不會要妳出這種洋相，妳懂嗎！」敏子氣呼呼地說，「要是我媽也來這一套，我就絕對不幹，我會跟她吵！可是妳就不敢說個『不』字，因為妳知道自己是個養女，沒有資格反抗！」

菊花怔怔地望著她的朋友，想反駁，卻不知道該說什麼才好。她從小就不是個能言善辯的孩子，所以有時被男孩子欺負，她就低著頭走開了；幸好常常有敏子當保鏢，替她說話，才不至於太受委屈。

這時敏子看到她的朋友那一副毫無招架的模樣，不免心軟了，於是拉住她的手，暖暖地握著，「我不是故意要惹妳傷心，我只是看不慣他們欺負妳。」

「他們並沒有欺負我，我爸媽從來沒有打過我或罵過我，他們對我很好的。妳不要老是說我養母對我不好，因為那是昧良心的話。」

敏子嘆了一口氣，「好吧，隨便妳。」

兩個女孩並肩走著；菊花不禁想起了兩年前的那一個早上，他們也是在上學的途中碰面。那天敏子很神秘地對她耳語道，「昨天晚上，我爸媽在客廳裡跟鄰居聊天，他們以為我睡着了，所以也不怕我會聽到。原來他們在談妳的身世呢！他們說，妳剛生下來，妳父母就把妳送給人；你母親一連生了十一個女兒，卻一直沒有兒子。沒想到生了第十二個，又是個女孩！他們很灰心，也實在照顧不了那許多孩子，所以只好放棄妳了。哪裡料到妳被抱走了以後，妳生母隔不了一年就生了個兒子。他們樂死了！都說，幸好把妳送給人，才招來了個弟弟。」

菊花知道敏子在開玩笑胡扯，也就不理睬。

「妳不信？」

「妳在尋我開心，我才不上當。」

「我說的是真話呢！妳想想吧？妳今年十歲，對不對？妳爸媽現在幾歲了？六十總有吧？他們怎麼有本事生下妳？當妳的阿公阿嬤還差不多。」

菊花怔怔地站在街口，無法跨步；想了好久，越想越不對勁，越想越慌亂，越想越心驚。敏子的話難道會是真的？

她再也沒有心思去上課，只推說不舒服，就轉身回家了。

那天晚上，她沒吃飯就上床了。第二天，她沒有去上課；第三天，她也沒去上課，整天躺在床上，起不來。她爸媽當然很擔心，以為她生了甚麼大病，要帶她去看醫生。後來，她只好把心裡的癥結說了。

「媽，我不是你們抱養的吧？我是妳親生的，對不對？」

她母親默然了；躊躇了好久才說，「是這樣的，我們夫婦倆就只生了一個女兒；她結了婚以後，就住到城裡去了，一年難得見到她幾次面。我們夫妻倆年紀越來越大，家裡也沒別人，所以才想抱養一個女娃兒回來做伴。剛好妳的生母要把嬰兒送人，我們就去把妳抱回來了。妳也知道，我們一直都把妳當成親生的孩子，並沒有虧待妳。」

「可是，我的親生父母怎麼不送走那幾個姐姐，就只把我送給人？」

「因為妳那時剛生下來，要花很多心神才能把妳帶大；而且妳還不懂事，不怕妳會傷心。」

菊花想了好久，才大膽地要求，「我是不是可以去生母家看看？」

於是她養父母拜託一個鄰居，挑了一個好天氣，帶了兩隻活雞當見面禮，把菊花送到城裡她親生父母的家去。那一天，她怯生生地進了家門，只見一個中年婦人迎了出來，一瞥眼，馬上就猜出那是她的生母了；可是她卻不知怎麼稱呼，只睜大了眼睛望著那婦人。那婦人打量了她半天，眼角變潮濕了。

「妳長得這麼大了，要是在街上踫面，我也認不出來！當年妳被抱走的時候，才生下來沒多久。」

菊花低著頭不說話，心裡卻這麼想著，「妳生下我，馬上讓人把我抱走；現在當然認不得我了。」

那時正好是午飯時分，她的生母牽了她的手，帶她去廚房。那廚房裡面，擠得滿滿的一堆大大小小的女孩；大家只顧扒飯挾菜，連頭也沒抬起來看她一眼。

「唉，你們也看一看是誰來了！」她的生母大聲地呼喚，「你們的親生妹妹來看你們了。」

那幾個大大小小的女生果然都爭先恐後地跑過來圍住她，把她看個夠。

「原來妳是那個被抱走的妹妹呀！妳是來看我們的，還是要搬回來跟我們一起住？」

菊花啞巴一樣地站在那裡，不知怎麼回答。

「來來，你們讓個位子給她坐吧？讓她好好在家吃頓飯？」她的生母說。

就這樣，菊花終於見到了她的生父生母，親姐姐，親弟弟。可是，在那個熱鬧擁擠的家，她找不到屬於自己的地方；飯桌上沒有她的座位，臥房裡沒有她的床，就連那些姐姐們的名字她也記不清。而那些親人在滿足了新奇感之後，很快地就把她撇到一邊去了。她的生母雖然幾次走過來，拉著她的手，要跟她說話；可是她還沒有開口，就有別的孩子來打岔，就有別的事要處理。她實在太忙；從早忙到晚，馬不停蹄，根本連坐下來吃頓飯的時間都沒有，更別說找時間跟一個小女孩深談了。

菊花只在她的生母家待了兩天，就回鄉下去了。從此，她沒有再回去過。畢竟，她看得出來，她的生母家沒有她立足的地方；少了一個她，不但沒有人思念，根本沒有人在乎，沒有人注意到。

如今她望著走在她身邊的敏子，兩年前的往事與留下來的創痛又被勾引了出來；若不是她這個朋友把她的身世揭穿，她這一輩子大概都不會知道自己是被抱養的。有時想想，她真的寧可不要知道。

兩人到了教室後，菊花先把那隻母雞藏在書桌下，才打開書包。她是個很乖順的學生，就是讀書方面比較不行；不像敏子那麼機靈聰慧，樣樣領先。幸好敏子平日裡常常幫她做功課，所以在老師的心目中，她也算是好學生，從來就沒有責罵過她。可是那一天，菊花就顯得比平日不用心了；老師幾次叫她名字，要她回答，她都慌慌張張，什麼也答不出來。

「許菊花，妳不舒服嗎？」張老師關切地問。

敏子大聲地說，「老師，她桌子底下藏了一隻活母雞，她怕被老師懲罰，所以不能安心上課。」

張老師不信地走過去看，果然有一隻雞躺在地上；他覺得很滑稽，想放聲大笑。可是考慮到菊花羞怯的性格，和她那一副緊張的神態，只好微笑地說，「要不要把那隻雞放到教室外面去？」

菊花低著頭回答，「怕丟了，或被人放生了。」

「不會的，把牠綁在那棵榕樹下就很安全。」

張老師果然把雞帶出去綁好了；菊花這才寬心了些。只是偶爾母雞會咯咯地叫，全班的同學聽到了，都像被搔了胳肢窩似的，忍不住嘻嘻地笑起來。

到了中午吃飯的時侯，大夥兒都跑出去看那隻雞，逗著牠玩，好像牠是馬戲團裡的三隻腳的怪獸。那隻母雞大概被嚇慌了，禁不住撒了一堆屎。那些孩子更樂了，都拍起掌來，好像那雞表演了什麼特技一樣。

「喂，許菊花，妳有沒有帶米來餵牠？妳不要只顧自己吃便當，卻讓牠挨餓呀！妳這樣做，是虐待動物，知道嗎！」

「你們簡直胡說八道，」敏子大聲地反駁，「這隻雞今天就要被宰掉當晚餐吃了，還餵牠幹嘛！」

終於挨到了散學時間，菊花謝了老師，謝了敏子，提起那隻雞，就要趕去坐渡船。敏子跟在背後，不放心地說，「要不要我陪妳走一趟？也做個伴。」

「不了，謝謝妳；我說不定很晚才能回來。」

「這樣好了，我替妳提書包回去，免得妳來回揹著走那麼遠的路。」

「謝謝妳；明天我一大早就去妳家。」

菊花匆匆地把書包交給她的朋友，就走了。

那天下午，過河的船客很多，船又小，在河中來回橫渡幾趟，才輪到她上船。菊花坐在船艄，望著那渡船伯優哉游哉地划著雙槳，似是那麼自在而逍遙。她坐在那兒，只覺徐徐的清風，撫著她的面頰；她望著陽光下閃爍的河水，望著那悠遠重疊的青山，心裡溢滿了快樂。可惜那條河並不寬，才十來分鐘就到達了對岸。

一下船，她就匆匆忙忙地往街上走；心想，只要把手中的那隻雞送到姐姐家，就可以回去了；明天一大早還要上學呢。

到了姐姐家，客廳大門敞開著，菊花就進去了，她邊走邊叫，「阿姐，阿姐。」原來阿姐在後面臥房裡睡午覺；那小寶寶就踡縮在母親臂彎裡，也睡得正甜蜜。她五歲大的女兒阿慧，獨個兒坐在角落裡玩沙包。

她的這個姐姐叫阿順，名字像男人，性子也很有男人的氣概；二十歲結婚後，很拼了命地幫助她丈夫做生意，開雜貨店；這幾年店鋪生意興旺了，她也緩下來一些，才開始生孩子。十來天前剛生下老二，身子還沒復原，只是家裡沒有人幫忙，不管什麼大大小小的家事都得她自己來，還能坐什麼月子？如今看到她爸媽把養女送過來了，怎不欣喜？

「哎，妳來得正好！又帶了一隻肥雞！我正擔心沒人幫我煮晚飯呢！妳會殺雞吧？」

菊花住在鄉下，每天下課回家，先餵雞鴨，然後就到廚房裡幫她母親做晚飯；如今哪一樣家事她做不來？於是，她先燒好開水，又找來了一把利刀，將那母雞的喉嚨割裂，然後把雞丟進一個洗衣盆子裡，用開水燙過，這才開始拔毛。也沒花好多功夫，她手裡提的已是一隻赤裸裸的光雞。

「哎，菊花，妳好能幹，也難怪阿母誇讚妳！」

「阿姐，要是沒有別的事……」

阿順坐在床上，懷裡抱著嬰孩，一聽菊花要走了，忙說道，「妳知道米甕在哪裡吧？先去煮一鍋飯，然後把那隻母雞剁成小塊。來，我教妳怎麼做麻油雞。先在鍋子裡放一大碗麻油，等油熱了，再放進幾片薑母，然後把雞塊倒進去炒，加些糖和鹽，最後才倒進半瓶酒。等滾了以後，讓它慢慢燉；只要一個鐘頭就好。角落那菜籃子裡邊有一大把白菜，妳也拿去洗乾淨，把薑母切成絲，一起用油炒一炒，灑點鹽，就好了。」

菊花手腳快，一邊聽阿姐指揮，一邊忙；等麻油雞燉爛了，飯菜也都上桌了。菊花看姐夫還沒回家，不肯坐下來吃飯。

「外面稀里嘩啦的下著大雨呢；而且又打雷，又閃電，姐夫大概回不了家？」

「別等了，妳姐夫到南部去辦貨，明天才會回來呢。」

吃飯的時候，菊花只吃白菜和白飯，卻沒動筷去挾那一碗熱騰騰香噴噴的麻油雞。

「妳怎麼啦，為甚麼不吃雞肉？」

菊花低著頭，喃喃地說，「我每天餵那隻母雞……」

「所以現在不願意吃牠，是不是？」她阿姐大笑起來，「妳這孩子，未免太心軟了！」

好不容易吃完了飯，又洗了碗筷，收拾好廚房，菊花才又開口，「阿姐，外面下著大雨……」

「妳去燒一鍋熱水，幫阿慧洗個澡吧。」

等阿慧洗完澡，上了床，她阿姐才說，「妳快走吧！太晚了怕過不了河。」

菊花一跨出阿姐的家門，就飛快地往渡口跑去。幸好這時雨已停了，只是外面早已漆黑的一片；天上佈滿了烏雲，低低的壓在屋頂上。路口那一盞街燈，無力地閃爍著，使得周遭更顯得淒清與空蕩。她獨自在潮濕幽暗的街道走，心裡驚疑，為什麼整條街都不見人影？她有點怕，有點慌；不自覺地加快了腳步。

終於才到了渡船口。暗黑裡，整個河邊成了一片靜寂的野地；除了河水拍岸，還有岸邊的蘆草在風中飄蕩，發出微微的聲響以外，再也沒有別的動靜。想起今天下午渡河時，晴空無雲，可以看到遠處的青山；如今在濛濛的夜霧裡，甚麼也看不到。她一邊在暗黑泥濘的河邊摸索著，一邊呼叫著，「阿伯，阿伯」，可是都沒有人回應。

她幾次踫到了石頭，踏進了泥坑，跌了又爬起來，全身早已濕透。終於，她依稀地看到了蘆葦叢中，那條船模糊的輪廓；它橫躺在河岸邊；緩緩地隨著河水搖蕩。

可是，找到了那條船；又能怎麼樣？在這樣的雨夜裡，連渡船伯也回家去了。沒有人划船，她怎麼渡過河？怎麼回家去？

她爬上船，坐在船艄，望著那黑沉沉的河水，一再地自問，「怎麼辦？我怎麼回家？」

終於，她無可奈何地爬上了坡岸，又順著原路回到阿姐的家。

只是，阿姐家的大門已關上，屋裡漆黑的一片。菊花敲了半天門，卻不見有人來開；不見她阿姐的身影出現。

她心裡湧起了一陣的悲哀，不禁低泣了起來；是那種小狗般無助的嗚咽。她不曉得怎麼辦，只好轉回頭；心裡很害怕，想走快一點，卻累得幾乎無法舉步，只得在暗黑的街巷踽踽獨行。

終於又回到了渡口，找到了那隻停泊的船；她跨了上去，然後躺下來。心想，只好在這裡過夜了。

可是，她全身濕冷，又有雨滴不停地打在臉上，怎麼睡得着？

她望著那河水，暗黑裡，河面很平靜；似乎在招引着她。

「我就自己划過河吧？今天下午，看渡船伯一點都不費力，就過了河。」

她就這麼決定了。於是她伸出手，把船繩解開，然後抓起了那兩根槳，開始划起來。那船隻，一離開了繩索的羈絆，便像箭一般往下流直竄。菊花慌忙地把船槳插進水中，使盡了所有的力氣划著。可是那兩根船槳只在水裡飄搖；哪裡擋得住船往大海的奔馳？她驚慌地叫喊起來，「救命呀；救命呀！」

岸上，除了雨聲，沒有人呼應。

原刊於《臺灣公論報》，二〇〇九．一．二十三、三十

他的一生

薰薰每想及哥哥，心裡就感覺到那種失落的悲傷與無奈。她對自己的兄長所知那麼少，可以說，根本沒有真正認識他。可嘆的是，他早已離開人間，今生再也見不到面。

她曾經在母親的舊相簿裡見到宇軒小時候照的兩張相片；其中的一張，照的是他的背面；他正跪在父親的靈前。另一張，也是同一天照的；他面對著鏡頭，身上穿的是一套暗色的西裝與短褲，白色的長襪，暗色的皮鞋；清秀的臉龐，顯得那麼稚氣與天真，沒有一絲的悲傷或淚痕。那時，他還不滿五歲吧？哪裡懂得家裡發生了什麼事？

薰薰記得自己五六歲的那年夏天，常常如影隨形地跟著哥哥；搞得他好煩，常常很不客氣地要趕開她，好像她是隻蒼蠅一樣。只是她並沒有別的玩伴，所以不管哥哥怎麼趕，她就是賴著不去；宇軒沒辦法，只好任由她了。其實，跟著哥哥並沒什麼好玩；因為他最喜歡的消遣是到公園去看大人下象棋；而薰薰對這種玩意兒完全不懂，一點也不感興趣。

常常在公園裡呆了老半天，哥哥一動也不動，害得薰薰只好倚坐在一棵老榕樹下打瞌睡。等哥哥看棋看累了，或者天黑了，兄妹倆才走回家。

有一天下午，兄妹倆又出門了；他們照常沿著那條通往大街的路走，路旁是一條又寬又深的水溝，宇軒走在前，薰薰走在後。不知怎的，宇軒竟跌進了水溝，把她嚇得大聲哭了起來。宇軒掙扎半天，可惜人小，哪裡爬的上來？薰薰更小，哪裡有力氣拉他一把？幸好一個過路的男人看到薰薰趴在溝沿哭，才伸手把哥哥救了上來。

宇軒那一次的失足，只不過是一件小事故罷了；它沉落在薰薰記憶的網裡，只是不知為什麼，它偶爾會毫無緣由地漂浮上來。每當此時，她的心裡就會覺得悲哀與不忍。

後來，等她長大了，才知道原來哥哥天生有個缺陷；他有一隻眼睛完全看不見。

她每天跟在哥哥後面，他爬樹，她也跟著攀上高枝。他們最喜歡爬的是屋後的一棵芭樂樹。那棵樹正好生在廁所的旁邊；也許因為肥料豐富吧？年年都長了纍纍的果實；那果肉味道之香，之甜，之脆，真是人人讚美。他們兄妹倆從剛剛會走路就開始爬樹，所以都鍛煉成了像猴子般攀爬的功夫。他們爬上樹以後，就攀緣著樹幹，爬到廁所的屋頂上。於是兄妹倆坐下來，一邊吃那甕型的、淺黃色的芭樂，一邊吹著口哨。是哥哥教她怎麼翹起嘴巴，怎麼把聲音吹出來的。於是她很認真地一曲又一曲地吹著母親教他們的童謠。

那種懶洋洋的夏日時光，是她的記憶中快樂的童年的寫照。

好不容易熬到七歲，她終於開始上學了。是怎樣的內在的驅使，使她對讀書有一種天生的愛好與很自然的吸引呢？人看到一隻蜜蜂飛在花叢中，那麼忙於採蜜；而小薰薰就像蜜蜂，很自然地趨向書本，想從中采擷知識。

她是個天生愛念書的孩子，宇軒卻正好相反。他每天放學後就跟同學出去玩，不到吃晚飯的時間不回家。到底他和那些男孩子都玩些什麼遊戲？幹些什麼勾當？薰薰無從知道，因為她已不再跟著哥哥的身後到處跑了。

有時，她不免擔心哥哥沒時間做功課；明知期末考已經逼近，宇軒卻仍舊整天在外面晃蕩不回家。

「媽，妳不叫哥哥念書嗎？他都沒有時間準備功課呢。」

母親卻不急，好像並不在乎。

常常，宇軒的那群玩伴結夥來找他，薰薰不免焦急，就編造謊話，想遣走他們。

「我哥哥不在家，」她說。

那些男孩子當面笑她。「算了吧？我們都知道妳在撒謊！妳最好乖乖去叫妳哥哥出來，不然我們就給妳好看！」

薰薰急了，她向母親求援。「媽，妳不要讓哥哥出去玩；他都還沒有做功課呢！」母親卻不像薰薰那樣的急性子；她教導兒女，採取的是放任政策。

「妳哥哥那條命是撿回來的，就讓他痛痛快快地多玩幾年吧？」母親這麼說。

原來宇軒在六歲時患了急症，一條腿腫得跟象腿一樣，還滴血流膿，整天痛得哭叫不停，根本無法走路。母親揹着他到處求醫，都不見效。後來打聽到臺北有個醫生能治這種病；她當然毫不躊躇，把薰薰丟在外婆家，就帶了兒子北上了。果然，在臺北開了刀，又住院一個月，宇軒竟奇蹟般的康復了。從此母親每望着兒子的身影，就覺得這孩子是從死神手裏奪回來的，心裡充滿了欣喜與憐愛；哪裡還會勉強他去念書？哪裡還會逼他去做他不喜歡做的事？

然後宇軒從初中畢業，要考高中了；母親陪他上臺南去考，去了兩天才回來。可惜放榜時，他卻沒錄取。這該是意料中的事吧？母親卻好像很失望。

薰薰想問母親，「妳不是一向都不關心哥哥的學業嚒？他從來沒翻開過書本，妳也不是不知道，怎麼現在還期望他能考上？」

可是她當然不能這麼問，只是心裡這麼想而已。

宇軒沒考上臺南的中學，只好就近在他們家鄉的一所新辦的高中就讀了。

奇怪的是，薰薰發覺她的哥哥上了高中以後，穿的褲子越來越緊了，簡直就像粘貼在腿上一般。還有一件事，她更無法釋懷；那便是學期剛開始，宇軒帶了母親給他的錢去學校註冊，可是，不到半個鐘頭他又回來了。原來他把註冊費給丟了。母親問他，到底在哪裡丟的？宇軒也說不上來，只知道錢已不見了。母親沒辦法，只好又去向人借了錢，交給兒子。

這件事，過了也就算了。怎知，到了第二學期，宇軒又把交到他手中的學費給丟了！母親沒辦法，只好又去向人借了錢，交給兒子。

薰薰問母親，「媽，為什麼哥哥老把學費給搞丟了？妳不覺得有點奇怪嚒？」

母親皺著眉頭說，「他說掉了，我有什麼辦法？也許是被偷了也說不定。」

「妳怎麼不跟他去註冊呢？或者乾脆妳自己跑一趟，替他去繳學費算了。」

母親搖搖頭，「這樣不好，他會以為我不信任他。」

薰薰卻很堅持，「我們不是欠了人家好多錢嚒？而且是高利貸！妳得想個辦法呀，總不能每個學期都繳兩倍的學費？」

可是母親仍躊躇著，拖延著，不忍苛責宇軒；後來也就不了了之了。

此後，每到了繳學費的日子，宇軒總是出去走一遭，然後回家來告訴母親他把錢給丟了。薰薰早已不相信他的藉口，心裏很明白，他一定是把學費拿去花掉了，或者藏起來了，然後又回家向母親要錢。使她不解的是，為什麼母親一直容忍着這樣的欺騙行為？為什麼她不肯揭穿兒子的謊言？

雖說他喜歡結交那些不肯讀書的壞學生，雖說他騙媽媽錢，可是薰薰知道，宇軒是個好哥哥，很照顧她。她還記得，剛上初中的時候，她很想學騎腳踏車，連做夢都夢到自己騎着車在大街小巷飛馳的逍遙與快樂。哥哥知道了，就自告奮勇要教她。於是，每天下了課後，兄妹倆就在大街上，一個在前面搖搖晃晃地騎着腳踏車，一個在後面猛跑，猛追。可是，雖然有宇軒幫忙，薰薰照樣跌得頭破血流，照樣撞倒行人，照樣撞到電線桿。結果，掙扎了半年，她只好放棄了夢想。可是如今回想，她都還清晰地記得哥哥在她車子後面奔跑的狼狽相。她知道，哥哥是很疼她的。

三年的時光，就這麼度過，宇軒要考大學了；媽媽像熱鍋上的螞蟻，每天穿進穿出，為兒子準備點心，帶他去打補針；說是要使他身體強壯，腦力充沛。如此這般地忙碌著，有半年的光景。可是，等聯考放榜，母親的美夢又破裂了；宇軒甚麼學校也沒考上。

怎麼辦呢？總不能就放棄吧？他們是書香門第呢！這個臉怎麼丟得起？母親忖度了好久，終於決定把宇軒送到臺北的補習班去惡補。於是她替兒子置辦新裝，新皮箱，然後又借了一筆為數不小的錢，讓宇軒帶在身邊，作為繳學費，付房租和日常生活的費用。

就在那年的秋天，宇軒揮別了母親與妹妹；從此他們兄妹很少再見面。她童年的玩伴，她記憶中的無憂無慮的童年時光，就跟著哥哥的身影消失了。

哥哥走了以後，起初薰薰常寫信給他，可惜他從來沒有回過信。他走後的第一年，春節快到了，薰薰急切地問母親，「哥哥會不會回來過年？」

「我也不曉得，上個月我多寄了一些錢給他，如果他想回來，應該有足夠的錢可以買車票才對。」

「妳要不要寫封信給他，叫他回家過年？年節到了，他一個人在外面，一定會很寂寞。」

「妳幫我寫吧？」她母親說，「我寫的話，他會覺得我是在強迫他，命令他。」

「妳是他媽媽，有時候命令他也是應該的。我寫的話，只是白費力氣而已；他從來就不曾回過我的信。」

她母親怔了好久，幾次提起筆，又放下；那封信，終究沒寫成。後來薰薰又催了好幾次，也沒用。等春節來了，家裏冷冷清清的，都沒見到哥哥的影子。

一年又一年，宇軒都沒有回來過，也很少聽到他的消息；只有在急需錢的時候，他才會寄一封快遞回來。母親從來沒有拒絕過他的要求，總是急急忙忙地去奔走借貸，然後如數寄給他。

在他離家後的第三年，就在一個悶熱的夏夜裡，薰薰正陪著母親在院子裡納涼，卻突然聽到有人在吹口哨；她抬眼一望，正好瞥見一個黑影快步閃進院子裡來！她嚇了一跳，大聲地質問道，「是誰？這麼晚了，你要找誰！」

怎料，那人卻笑出聲來！走近一看，才看清了，原來是哥哥！他竟不聲不響地回來了！薰薰抬頭望著他，發覺他已抽長了許多，完全是個大人的模樣了，而且是個英俊瀟灑的青年！

薰薰拉著哥哥的手，不忍放；眼裡閃著淚光，是歡喜還是辛酸？連她自已都搞不清。

宇軒揮灑著滿臉的汗珠，丟下了重重的行李，很乾脆地說，「好啦，我回來啦；以後再也不去臺北了；讀甚麼勞什子的書！我本來就不是讀書的料。」

母親把宇軒看成了回頭的浪子一般，摸著他的手臂，從頭到腳，看個沒完；充滿了欣喜與愛憐。

「你回來就好！在家休息一陣子再說吧？將來想做什麼，我們可以慢慢商量。」

「有什麼好商量的？」宇軒歪著頭，笑望著她，「我想在大街上開個店，做出入口生意。」

母親愣住了。「你想做甚麼生意？」

「妳不知道，在臺北做出入口生意的，都是用畚箕把錢掃進門來的，真是好賺！」

「做這種生意，需要多少本錢？」母親怯怯地問。

「那要看妳能拿出多少了。」

母親再沒有別的財產可以變賣了，只好把他們的祖屋賣掉。那房子，多麼令人難以割捨呀！那麼宏偉而寬敞，雕梁畫棟的廳堂，冬溫夏涼；還有滿院的花樹，吃不完的果實。薰薰心裡真想哭，還對自己發誓，將來長大以後，她一定要把這棟房子買回來。可是，事與願違，如今隔了這許多年，那房子，那庭院，也只在薰薰的夢裡出現；而且漸漸變得模糊不清，都忘了它的真模樣。有時到了一個陌生的地方，突然一陣熟悉的香氣襲來，此時她才會記取，那是故居前院的那株桂花樹的芳香呀。

母親把祖屋賣了，錢也拿了，那買主天天來催趕，他們只好收拾一切，準備搬家了。可是要搬到哪裡去呢？

母親忙著到處找房子；薰薰卻在這時考上了臺大電機系。

等她收拾好行裝，要上臺北時，母親才歉疚地對她說，「媽媽很對不起妳；可是我實在沒錢供應妳唸大學；如今即使想去借錢，也沒有人肯借給我的。雖然我們最近才賣了房子，可是前幾天我把這十幾年來所欠的債務還清以後，才發現手邊就只剩下一點點錢，連買幢小房子住都很難，哪裡還拿得出錢讓妳念書，讓妳哥哥做生意？

「我這裡一點錢，大概只夠妳繳第一學期的學雜費和住宿費而已；妳就拿去用吧？只是，從今以後都得靠妳自己了。」

母親的話，真像晴天霹靂；這一生，薰薰還沒有離開過家，也沒賺過一毛錢。如今要她在一個陌生的城市自力更生，不就等於遺棄她嗎？

薰薰搞不清，她心裡是憤怒還是傷心？大概是憂懼之心，甚於一切吧？她沒有跟任何人道別，就默默地離開了家鄉。有生以來第一次離家，是懷著怎樣驚懼的心情？

來到臺北，還沒吃下第一餐，她就先買了一份報紙，搜尋著徵求家教的廣告。沒想到第二天，只跑了一家就找到了家教的職位；她這才放下了一顆沉重而慌亂的心。

那是一家搞出版業的家庭，他們印的那些書，全是粗製濫造的下等刊物；薰薰只瀏覽了一遍擺在櫥子裡的書，心中就有點不安了。其實是她太多慮了；那家人雖然文化水準低，對她卻算是不錯的。至少她衣食無憂，學費也有了着落。她為了讓母親放心，就寫了一封家書，把自己的情形報告了一下。

她等了好幾個月，終於才接到了母親的回信。原來他們已經搬到台南，又在那裡買了一棟小洋房，宇軒也找到了一份不錯的工作，是在一家織布廠當會計；老闆很器重他，信任他。母親又說，她每天都在數日子，希望春節趕快到來；到時薰薰就可以回家團聚了。

終於盼到了春節，薰薰坐了火車，路過家鄉，卻沒有下車；因為如今的家是在一個陌生的城市，一棟陌生的房子。但能夠和母親哥哥在一塊兒，多麼的難得呢！只要有他們在的地方，那裡就是她的家。

宇軒的生活果真安定下來了，母親臉上也出現了滿足的笑意。她整天忙進忙出，一盤又一盤地端出香噴噴的過年菜。宇軒的朋友也真多，他搬到台南才半年多吧？竟然已經交到了這許多的朋友！年節裡，這些朋友在他們家穿進穿出，把個小小的客廳擠得像一家食堂！大夥兒飲酒笑談，真是喜氣洋洋。薰薰心想，只要哥哥肯好好過日子，他們不是也有一個很快樂的家嗎？

春節過了，薰薰回到臺北後就開始另找出路；結果，憑著她文理雙全，也不費吹灰之力，就找到了一個新的家教職位。最讓薰薰欣慰的是，他們給她的薪水比以前多了三倍。當然，她仍舊省吃儉用，唯一的奢侈消費是偶爾去看場電影而已；所以每個月都有餘裕。她知道那個職位對她有多重要，所以兢兢業業地謹守著，直到她大學畢業。

如此又過了一年，薰薰早就迫不及待地收拾好行李，只等期末考完畢就要回家了。怎知母親卻寄來了一封信；信上這麼寫著：

薰兒：

妳每個月寄回來的錢都收到了；每次接到那筆錢，心裡就很感動，也很難過；妳年紀還那麼小，就那麼懂事，那麼孝順；一邊讀書，一邊當家教賺錢，還省吃儉用，把錢寄回來。可是，妳常常擔心媽媽，擔心哥哥，怎麼能夠像別的少女一樣的活潑快樂？我看妳整天愁眉苦臉的，也沒有笑容，真是很心疼；可是我也無能為力呀。

我一心期望宇軒回家後，能夠變得成熟，懂事，能安定下來，好好過日子。怎料，最近又發生了一件事故！聽說他們公司這一兩個月來丟了不少布匹，都是被人從倉庫裡偷走的。他們老闆暗暗的調查了好些時日，後來竟一口咬定是妳哥哥跟外人串通偷盜的。我也不知道該怎麼辦才好，每天就躲在房子裡流淚，手腳直發抖。

薰兒，我不能批判自己的孩子，我不曉得宇軒是不是受了冤枉；事實上，不管怎樣，他已經失去那份職位了。幸好他的老闆並沒有告他，也沒有報警；這件事就這樣不了了之了。

現在家裡很凌亂，宇軒也經常不回家，我每天都是有一餐沒一餐的，心緒很亂。眼看著年節就要到了，我想妳還是留在臺北吧？妳回來，也幫不了忙，只是更傷心煩惱而已。

媽很對不起妳，希望妳能原諒媽這幾年來許多許多的錯誤。今年春節只好委屈妳了。

薰薰看了母親的信，知道回不了家，只好留在學校了。

春節前後那幾天，整個宿舍空空蕩蕩的，夜裡四處悄然無聲。她知道，雖然見不到人影，可是僑生宿舍裡還有一些異國來的女孩也跟她一樣，有家歸不得。如果那些僑生都還快快樂樂地過日，那麼她也不該有怨嘆！於是她花了點錢，自己去看了一場電影，又買回來一塊年糕，一盒滷味，在宿舍裡吃了；那便是她的年夜飯。

她本來聽從了母親的話，不準備回家的；可是過了兩天，她把母親的信又取出來仔細讀了一遍。她想像著母親獨自一個人，坐在陰暗的床頭，流著淚，發著抖；那是一幅多麼令她心酸的畫面！她心裡的種種擔憂，就像那冬天鬱悶的黃昏的到來，揮不掉，越來越暗，也越來越沉重。她再也坐不住，於是匆匆坐上了夜車，趕回家。

回到家，看到母親，真嚇了一跳；才一年不見，她竟蒼老了許多，也瘦了。她坐在窗口的椅子上，跟薰薰說著話；說著說著，她會突然停頓下來，似乎思緒斷了；目光是那種空茫，無神的渙散。時而，她的左手會擰捏著右手臂；過了一會兒，她的右手會擰捏著左手臂。薰薰看得心驚，無法辨別那種不由自主的動作，到底是因為神經衰弱？還是因為憂心焦慮而呈顯的癥象？

「媽，妳不舒服嗎？要不要去看醫生？」

她母親很快地否決了。「看甚麼醫生？我沒有病！」

薰薰無法，只好到廚房去下碗麵，炒盤菜給母親吃。可惜大概她的烹調技術欠佳吧？母親不肯下箸。母女倆整天對望，愁眉苦臉，有話都變得無話可說了。

轉眼已過了一個星期，薰薰必須回校了；可是母親的情況那麼虛弱萎頓，叫她怎麼忍心離去？正愁著，怎料，就在那天的深更半夜裡，突然有人敲門。薰薰驚慌失措地去應門；門外，是一個陌生的女人，和宇軒。只見他，一臉的蒼白，眼睛腫脹青紫，都睜不開來了。他捧著肚子，彎著腰，似乎隨時會倒下來。薰薰呆在那裡，不曉得該怎麼辦；母親卻跑出來了，她對那陌生女人說，「麗麗，到底發生了甚麼事？」

「宇軒挨了打；我要帶他去醫院，他不肯。」

母親不再多問，就幫著那女人把宇軒扶上樓去睡了。

薰薰等到母親又下樓來，才問，「那女人是誰？」

「宇軒的相好，」母親低著頭，悄悄地說。

「哥甚麼會挨打？」

「我也不太清楚；聽說這一兩個月來，他們搭檔到處去賭博，還設陷阱騙人；有幾次被抓到了，幸好都能及時逃脫，這次大概沒逃過。」

「哥是怎麼認識那女人的？」

「大概在賭場裡吧？」

「媽，妳好像認得她？」

母親點點頭。「我見過幾次；宇軒以前帶她回來過。」

「既然經常在一起，怎麼不結婚？」

「怎麼能結婚？她是個有夫之婦；宇軒這次挨打，說不定是她丈夫指使的。」

第二天一大早，薰薰想看哥哥的情況如何再回臺北，可是他的房門緊關著，裡面悄無聲息。她輕叫了幾聲，都沒回應；她只好就這麼離去了。

是怎樣困惑與悲哀的心情呢？在車上，她止不住地淌著淚；使得坐在她對面的那個年輕人一直望著她看，似乎很關心，卻又不願唐突地開口發問。後來薰薰再也受不了對方那種關切詢問的眼光，只好移坐到別的車廂去了。

薰薰整天憂心忡忡，茶飯無心；可是家裡的事，她完全無能為力。唯一能做到的，只有好好地讀書，盡量的省錢，把省下來的，寄回家，如此而已。

幸好過了不久，母親來信說，家裏情況已經轉好，宇軒在嘉義找到了一份工作。這一次，他是替一個富有的地主負責虱目魚魚塘的經營。當然啦，宇軒對人工養魚的專業一無所知；從來，他只懂得吃虱目魚，哪裡懂得餵養繁殖的技術？所以如今他全心全意地鑽研著這方面的知識。看來，他終於找到了很有挑戰性，也很引起他興趣的工作了。

薰薰看了信後，憂喜參半，她不像母親，仍舊存著不滅的希望；每天醒來，只覺心口有一隻疑懼的蟲子咬噬著她。她多麼擔心害怕，怕哥哥又會生出枝節；給一家人帶來了無法承受的打擊。

果然，在一個初春的夜晚，她被驚醒了；原來是宿舍的教官來喚醒她去聽電話。她驚醒了過來，一下子跳下床，卻突然手腳發軟，幾乎無法走完那百步之遙的走廊。是母親的電話；她泣不成聲，只能斷斷續續地說，「宇軒，他──」

「我哥甚麼了？」

「他，溺死了。」

「怎麼可能？」薰薰癱瘓在地上，哭著反駁，「怎麼可能？」

「他三更半夜跑到魚塘去，想去查看魚苗，結果就跌進水裡了。」

「怎麼可能？魚塘的水那麼淺，連小孩子都可以自己爬上來！他怎麼可能就這樣淹死了？」

「他喝醉酒，跌下去就爬不上來了。」

那已經是三十多年前的事了。如今薰薰已是個教授，每天除了教書，做實驗，寫學術論文，就是出去看場電影，做為娛樂。她的生活如此的平靜，單純，就跟大學時代一樣。若說她有點孤獨，她並不在乎，因為那是她的選擇。

有時她會想起自己的身世，自己的父母；她也會想起宇軒。每想到他，心裡就感覺到那種失落的悲傷與無奈。她想，哥哥的這一生；就像一條船吧？獨自漂浮在海上，在激蕩的風中，在翻滾的浪裡，沒多久即沉落了。

原刊於《臺灣公論報》，二〇〇八・二・二十九

懷念那已失去的

在離別了整整一年的今天，讓我低聲地告訴你，「我喜歡你，我無時無刻不在思念著你。」只是，遠在天涯的你，是否能聽到我輕悄的耳語？

很久以前我就知道你，我曾在校園裡碰到你，曾在上課時，用手支著頭，倚在窗口，失神地凝望著你遠遠的背影，也更常在學校社團的集會裏和你點過頭、談天氣，但是我並不認識你。我只是常常想到你，但想不透，為什麼你會是我摯友心目中的白馬王子？

我心裏常懸著你的影子，但這個影子不是你投進來的，是依依。可憐的依依，她常帶著夢幻的眼神，對我談到你、她介紹給我的是美化了的你，所以我初次見到你時，真想哭。但是漸漸的，我就不覺得你很令人失望了，漸漸的，我也不在乎依依常常談到你了。同時，我更發覺自己喜歡在校園裏找你的影子。我想認識你。

那一天晚上，我們社團裏的十幾個大孩子主張到碧潭去划船賞月。你是個很活躍的人，我知道你會去，所以我也毫不猶疑地參加了。我們這些人的胃口都很好，所以大包小包地帶了許多可以塞進嘴裏的零碎東西。我因為貪吃，又不會划小船，所以就和幾個懶散的同學待在大船上。半閉的眼睛在似睡似醒中遙望著山那邊迷迷濛濛的月亮，嘴裏機械地嚼著花生米。你不在大船上，也許自己雇了條小船，躲到洞裏去啃鴨翅膀了吧？我想。

有人在輕敲我的椅背，我回過頭，原來是你。

「探聽來的消息：聽說妳不會划船？」你快活地笑著，炫耀著那兩排整齊而潔白的牙齒。

我笑著搖搖頭，像被抓到錯處的小孩，臉竟發燒了，幸虧是黑夜，柔和的月光不會洩露我的羞慚。

「下來吧，我教妳。」

我躊躇了一下，為的是怕在你面前出醜。但是我還是下去了。坐在你對面，望著你有稜角的臉在月光下，粼粼的水波上，漾出了笑意。我竟然有點高興自己以前不曾學會了划船。

我緊抓著兩隻槳，開始划，你握住了我的雙手，開始教。只要你握住我的手，我抓住兩隻槳，船就會平滑地前進，你一放開手，小船就像著了魔似的，拚命地繞圈子。不知怎的。我的雙手一直不能有規律地划動著槳。我急得面紅耳赤，你卻揶揄著我。

「聽說妳是個很能幹，很聰明的女孩子，怎麼連一條小船也無法應付？妳看我！」

你接過槳，一下子就划得老遠。我很不服氣，懊惱地說，「有什麼了不起，雕蟲小技！」

我們繼續往上流划，你依然握著我的手，我依然握住了船槳。我們似乎都是一心一意地注視著船槳的划動，似乎我們此刻生存的目的是在欣賞著那兩根木條的律動和激起的水波。你偶而會問我一兩句奇怪的問題，但我卻專心一意地注視著木槳所掀起的水波和偶而濺落在你手上的小水滴。恍惚間，我也看到了自己的心在滿溢著月光的水波中搖幌，抖動。

「妳覺得吊橋美嗎？」我似夢似真地聽到你的低語。

「真美，」那一座橋在靜夜中凌空抖動；似夢中人的脈息，安祥而輕微地律動著。我們又沉默了。

「妳覺得那邊的山美嗎？」過了很久，你才又低聲地問。

「很美，有朦朧之美。」遠望那山在夜色中，美得令人心動，虛幻得令人傷感。

這時小船已飄向下游，我們緩緩地沿著左岸的陡壁划著。岩壁的陰影遮蓋了你那稜形的臉，但是偶而我會在黑暗中捕捉到那鑲在你臉上的兩點閃爍的星光。

也許夜已漸深，也許水珠濺溼了你的雙手，我意識到你的手變得冰冷而微抖，而我被緊握的雙手也感染了這份寒意。

「有人說過妳美嗎？」你微彎著腰，別過臉，囁嚅地說。

這時，頂在山上的月亮滾進了烏雲裏，整個碧潭也黯淡下來。是誰曾向我說過同樣的話？是樺。我茫然地思索著，為什麼你會在此時問我這句話？我不了解，為什麼你硬要在此把我從夢中拉回了現實？

「有人曾這麼說過，」我嗄聲地回答，也茫然地點了一下頭。

「是樺吧？」你的聲音低得幾乎聽不清楚。

「你怎麼知道？你怎麼認識他？」

「我不認識他，但是我知道他的一切。我能體會到他的苦惱和他的期望，有時候我覺得他是我的親兄弟。」

「我們的事，你知道得很多？」我驚疑的問。

「我覺得我知道得太多了。」

你那有稜角的臉抽動了一下，抽出了一絲微微的嘆息。

這時候，在大船上的同學呼哨著叫大家集合，於是我們駛離了那一片浮動的陰影，默默地往大船的方向划去。

「我們來唱首歌吧？」你又回復了平常的活潑。你輕輕地唱著。

我本想加入，卻啞然無聲。你重覆地唱了兩遍，然後默默地望著我。至今，我仍清晰地記得你的歌聲，你的眼神。

不知怎的，我開始回想著你的音容笑貌，在回憶中捕捉你那有個性的外貌，你風趣的談吐，和溫柔的眼神，我熱切地在校園的每一個角落裏找尋你的蹤影。我每天都在思念著你，我每一秒鐘似乎都是為你而呼吸。我去上課，為的是希望在樹影下碰到你；我踏著夕陽的柔輝，漫步在校園的小徑上，為的是要看到你那偶而出現在椰子樹下懶散而閒逸的身影。我急切地等待著我們社團的每一次聚會，為的是想看到你，聽到你的聲音，聞到你的氣息。

當你第一次邀我出去時，你可曾感覺到我的昏亂與狂喜？如果你能探知我的心思，洞察了我的心意，那麼你一定會驚奇。但是我原無所要求，也無所奉獻。有的，只是我狂喜的心和迷亂的意志。

後來，你常找藉口在下午沒有課的時候來找我。你說，在陽光的沐浴中，人們會更清醒。我們總是急急地奔向郊外，投入大自然的懷抱中，渾忘了那些遺留在城市的塵埃中的一切。我們從不往人群中擠，而遊遍了清幽的所在。你我在周遭的靜寂和彼此的沉默中得到了相互的瞭解，在放懷的言談歡笑中得到了無比的歡樂。

我知道，也一直了解你的心思，從你那偶而投射過來的探索和懇求的目光裏，我知道你希望我做一次抉擇——是樺，咖啡廳，電影院和沉悶的夜；或是你，大自然，無盡的歡笑，和爽朗的白天？

但是我無法決定呀！雖然我每天在腦子裏想的是你的話語，心裡面藏著的是你的形影，但是每當樺誠摯的面孔出現在我面前時，我就無法以冷言對他，對著那充滿柔情的眼神，我無法拒絕，我只有感激和慚愧。何況我們是從小一起長大的，而且他又是我母親最信任，最喜愛的男孩？每次我總是不由自主地跟著他走，但心裏想的是你。和他在街上走著，我總感覺到你的存在：每一個走過我身旁的路人，我都以為是你，從那些陌生人的身上，我會模塑出你的形影。我似乎看到了你的步態，嗅到你的髮香。那些和我擦身而過的人，似都有你那壯實的手臂。那些迎面而來的人的臉上，似都浮現著你的微笑，那些偶而投射過來的眼光，似都在為你懇求。你可曾看到我心裏的惶亂與矛盾？我無時無刻不在記掛著你，但我也無法忽視他——那個緊靠在我身旁走的樺。我怎能忘懷他的誠心，他的信任，他的柔情？

但是也有遺忘煩惱的時候。記得那一次嗎？你提議騎單車到郊外去。我們在午後暖和的空氣中，像兩個快樂的遊魂，一無牽掛地凌空飄盪著。風也在飄蕩著，輕輕地吹送著落葉和花香。柔和的陽光偶而透過了濃蔭中的空隙，照射到我的手上。那些浮動的光影，像一顆顆被拋擲在塵土中的少女的心；輪子壓過那抖動的心，輾碎了，又復原。突然，我想起了依依。

「喂，你可知道有一個人非常關心你？」我輕鬆地問你。

你轉過頭來，我看到的是一張充滿了笑意的臉。你眼睛裏跳動著歡樂的光，你的嘴角閃爍著感激的笑，你是誤解了。

「是誰？」你大聲地問，聲調中也帶著濃濃的笑意。

我突然膽怯了，但我仍小聲地說，「是依依。」

你可曾知道，在那一瞬間，你的臉色轉白，滿臉的高興也隨著一陣輕風，不知飄到哪裏去了。你沉默了，沉默了很久，我輕飄的心神也被拉回了現實——天氣多麼清爽，我聽到了崖上樹叢裏傳來了樹葉的微響，空中傳來了歸鳥的啼聲，我也聽到了山徑下，小溪的流水聲，在周遭的寂靜中，我嗅到了春的氣息和大自然的歡樂。只有你，沉默不語。

在回家的途中，我們之間又有了笑聲。狹長的山徑上，只有我們兩個人，我們一下子往上爬，一下子又往下衝，幽靜的山谷裏，充滿了我們的笑聲。我多麼希望那條小徑一直延續到我們生命的盡頭，我們只意識到在此刻，生命是充實的，美滿的，我們應該盡情享受共處的快樂。但是我們都知道，你心中有個依依，而我心中也有個樺。

雖然在一起時，我們浸浴在交融的情感中，在分手後，我們會熱切地在記憶中追尋對方的音容笑貌，但是我們永遠無法拋掉我們心中的那兩個陰影。你曾勉強地接受了依依的柔情，而我，也曾在母親歡愉的注視下，把自己的手，放在樺溫暖的掌握中。我們如何放得下那舊情的重負？我們如何拋得開那一份歉疚之心？我們怎能漠視依依的深情和樺的死心塌地？

從此，我拒絕了你的邀約。但每次看到你懇求的目光和深情的注視，我就無法壓抑住內心的澎湃與矛盾的折磨。每次看到你憔悴的臉，我就想衝出了自築的堤防，跑到你面前，輕輕地撫摸你那有稜角的臉，但是我忍住了。我噙著淚，望著窗外的你，那日漸瘦長的身影，總是呆站在我的窗外，久久不肯離去。你一個鐘頭又一個鐘頭地等下去，希冀著我會同情你，但是我忍住了自己的衝動，始終不曾再和你一起出去。可是，你可曾聽到我痛苦的呻吟和無聲的哭泣？你可知道我多麼渴望與你在一起？

八月的炎熱，燒炙著人的身心。你急急地辦著出國的手續，為的是自己的前途，或是為了剪除心裏的亂絲？你出國的前晚，朋友們在飯館裏為你餞行，我去了，為了珍惜這最後的一次見面，也許是此生的最後一次了。席間，我們只交談了兩句。

「妳明天來送我嗎？」

我輕輕地聳一聳肩，笑了。「要我表演十八相送？我不幹！」我整晚都在無聲流淚地哭著，但我驚奇地聽到了自己的聲調是多麼輕鬆、平淡。

「聽說妳們家要搬到南部去，可以把住址給我嗎？」你懇求著。

「你好不容易走成了，還是踏踏實實地去過新生活吧，為什麼要多一份牽掛？」

依依，蒼白著臉，正在對面看著我們。她的臉似乎為別離的痛苦所扭曲，而失去了平日的娟秀；她烏黑的眸子，整晚都掛在你臉上。可憐的依依，她多麼經不起風雨，她似乎比我痛苦——也許她一直是愛得比我深。

今天，依依來找我。她滿臉的安祥與滿足，我們曾談到你，他說你常問到我。我笑著要依依轉告你，我常常想到你，我也常常祝福你。美麗而快樂的依依，很感激我對你的關切與祝福。然後帶著輕盈的笑，與我揮手作別。

今夜，我坐在窗前，遙望著西方的星辰，祝福你。同時，我要請那一顆明亮的星星，寄語給你，「我思念著你。」

原刊於《聯合報》第七版，一九六五・八・二十六

幽窗冷雨

一

高橋突然有個渴望，想站在窗前，看看外面的世界。他舉起床邊矮桌上的那根筷子，敲打了幾下玻璃杯，想呼叫妻子過來幫忙；可是等了半天，並沒聽到腳步聲，也沒看到人影，屋裏靜悄悄的。到底素香跑到哪裏去了？也許在樓上清理房間？自從那一夜他在樓上鬧了一晚，又吐又泄，吐個不止，泄個不止，把一間乾乾淨淨的主臥房給弄得污穢不堪以後，他就被搬到樓下的小書房來了。而她，每天都花了好多時間將主臥房洗刷幾遍，可是，再怎麼洗，再怎麼擦，也無法把那惡臭除掉吧？其實，她那麼神經質的擦洗，也只是一種無奈而徒勞的舉動而已？她再也揮不掉那一幕噩夢般的，劇烈的病情的惡化所帶給她的噁心與震撼？

他再次舉起筷子，敲打着玻璃杯；可是，也許它發出的聲音太弱了，素香沒聽到？他翻了半個身，面對著窗；只見窗格子外的天空，雨絲飄飛着；他不禁冷颼颼地打了一個寒顫；真想把室內溫度調高一些，可是，人躺在那裏，沒有一絲的力氣，起不來，什麼也不能做，不啻是被綁在這張小床上。他望著那杯子，一滴一滴的淚，沾濕了枕頭；一滴一滴的恨，滲入他的心。那幽幽的淚，使他的眼光變得迷濛；到底那窗格子外的天，飄飛的是雨還是雪？他已無法分辨。

二

那一年，他三十歲，剛剛拿到田納西州大學的博士學位，心裏那份得意與釋然，使他飄飄然。心想，這一生最大的願望已達到，對家鄉的雙親兄長有了交代。接下來的，就是結婚成家了。可惜的是，他還沒有個對象。早幾年他曾追求過一個同校的研究生，可是那女生傲慢的很，一直愛理不理的，根本不把他當一回事；追求了半年，都沒有一點進展，他覺得很洩氣，就自動放棄了。這也還不打緊，最使他吃不消的是，那時他住在研究生宿舍裏，每晚幾乎都會聽到住在隔壁的那個洋人和女孩子在翻雲覆雨；那氣喘吁吁，哼哼唧唧的呼叫，那狂烈的滾盪，把薄薄的牆壁撞得嘭嘭響，使他坐立不安；有時更使他幾近瘋狂。經年如此，他實在吃不消，後來只好搬到校外去，在一個八十幾歲的老太婆家寄宿。那老太婆也不來打擾他，只不過，偶爾在深夜裏從研究室回來，正巧在樓梯口碰到她；她那白紙一般的臉，那僵屍一般的形態，常把他嚇得神魂幾乎出竅！

幸好他很順利地拿到了學位，又在當地找到了一個相當不錯的職位，也搬進了一間很像樣的公寓。幾個比較熟的同學都說，如今他已變成了當地身價最高的單身漢；他們當然也都很熱心地替他找對象，安排他和女孩子約會。有幾次，他還不惜奔波，開了兩三天的車到老遠的紐約市去會見女孩子。可是，他三番五次的努力，都成了泡影；也不知道是女孩子嫌他外表不夠帥，或是嫌他鼻子那麼粗大，不雅觀？還是嫌他性格太內向？他常常整個晚上也沒說上幾句話，當然更不用提風趣不風趣這種過份的要求了。

日子就這麼一天天地過；他在那一家公司已做了將近三年，存款簿裏面也有了一筆相當的數目。可以說，他的身價更高了。只是，他還是沒找到適當的對象。

就在這時候，他的母親寄來了一封信，她說，有個媒人找上門來，要介紹一位姓黃的小姐給他；就是他們家後面的那一幢深宅大院裏的姑娘；他還記得姓黃的那一家人吧？

高橋簡直不敢相信母親的話，他激動得發起抖來。黃家的女孩？她不就是那個穿深綠色女衫，每天騎腳踏車從他家門前經過，去北一女上學的女生嗎？那麼秀麗優雅的少女，那麼聰明伶俐！他年少時做夢都想着她；卻做夢都不敢想要得到的呀！

他沒有一點兒躊躇，馬上就寫了回信，要母親安排日期；他隨時可以回臺灣去相親。

兩個禮拜後，他就整裝回家了。那時正是八月，熱騰騰的豔陽天。本來，他以為媒人會安排了在一家高級餐廳相親的，可是女方卻要求在黃家會面。他也沒什麼好反對的，心想，大概女孩子家不好意思在公共場所露面，跟人相親吧？

到了相親那一天，媒婆帶著高橋母子，直往黃家去了。兩人被引領著，走過一座深深的院落，才來到客廳。使他吃驚的是，那間客廳的裝潢，非常的舊式；那一套古老的紅木桌椅，大概是一百年前留下來的傢俱？他們請他坐在一張紅交椅上；那椅子硬幫幫的，他坐着很不舒服，卻又不敢動彈。只聽得媒婆與一個男人在寒暄，他猜大概就是黃老先生了。後來他母親也加入了談話；大家都顯得很和樂，愉快。高橋並沒開口；他不曉得在這種不尷不尬的場合裡，到底該說些什麼話才適宜。

然後有一個小巧玲瓏的女孩端了茶盤進來了；她端了一杯茶給高橋，他接了過去，就在那瞬間，他偷偷地瞄了那女孩一眼。怎知，他坐的地方正面對著窗，他抬起頭來，看到的只是午後炫眼的陽光，哪能看到她的臉？那女孩子並沒有坐下來，敬了茶後，就轉回頭走進去了。過了好一會兒，又有一個長得身材高大健壯的女人走出來；她在一個陰暗的角落裏坐了下來。高橋不知道這個女人是誰，也沒有人介紹。不過他知道這女人不會是他相親的對象。她穿得很隨便，腳上拖了一雙木屐，自自在在地坐在那裏；高橋有點好奇，想看她長得什麼模樣，可惜那陽光，仍舊照到他臉上，耀眼得使他像瞎子一般。後來那女人一句話也沒說，就走了。

回到家，父母親和媒人都爭著問他，到底看得怎麼樣？中意不中意？他張著口，卻不知從何說起；不知說什麼才好。

「要不要約她出去玩？」媒婆催促着，「你這趟回來，也就呆這麼幾天，還能蘑菇嚒？要快手快腳才行呀。」

他想了半天，才遲疑地說，「也好，可是我怎麼邀她出來？」

那媒婆開懷地大笑了起來，「這還不簡單嚒？我這就過去替你傳話！可是你得先說好，要怎麼跟她會面，要帶她到哪裏去玩。」

他又想了半天，「新公園，好嗎？」

「好呀，那裏全是一對一對的情侶！真是相會的好所在！」

第二天下午，還不到五點鐘，他就在新公園裏面那座横跨水池的拱形石橋邊等待了。他不願顯得太熱切，也不願顯得太焦急，只是閑閑地站在那裏，望着池中的游魚；偶爾才抬起頭，掃描了一下跨上橋頭的人群。他等了好一會兒，眼看着池邊，橋上的人越來越多，他不禁有點慌了；是不是自己不小心，竟錯過了要相會的人？

他正感心焦，一抬頭，卻見眼前就站着一個年輕的女人，正對著他微笑。

「你等了很久嗎？」

他吃了一驚，這個女孩難道就是他約會的對象？難道她就是昨天下午，穿了便衣，拖着木屐出來見客，默默地坐在黑暗的角落裏的人？

可是記憶中，那位唸北一女黃家的小姐是個身材苗條，小巧玲瓏的少女呀！記得有幾次，他碰巧看到她在散學後，順路走進附近的一家書店去逛，他曾跟了進去，跟在她身後，到處翻翻看看，可是他從來提不起勇氣上前與她交談。其實，他只不過想聞聞她的香氣，聽聽她的聲音，看看她喜歡什麼樣的書，偷偷地望著她的背影而已。如今，眼前這女子，怎麼可能是他少年時代的夢想？難道說，這十幾年來，她已經完全變了樣？使他更困惑的是，他看那女人的眉眼之間，似乎有一絲熟悉的影子？

「妳，妳就是黃小姐？」他口吃地冒出了這句傻傻的問話。

「咦，我們昨天不是見過面了嗎？」黃小姐吃吃地笑了。「你都不記得了？」

他想問，那麼昨天端茶出來的少女是誰？可是他問不出口，只好默默無語地站在那裏。

他們周圍人好多，有的在畫畫，有的在釣魚，有的在吃東西閑聊，有的在看人算命；

還有一些小孩在追逐嬉戲。

「我們到那裏去？」黃小姐問。

他想了半天，才說，「公園裡面好熱，要不要到外面街上去喝杯冰咖啡？」

於是，他們往公園外面走。一路上，黃小姐撐着一把黃底藍花的陽傘，幾次三番靠過來，要與他分享那小小的蔭涼，可是高橋滿身的不自在，躲開了。

到了咖啡廳，他挑了角落裏的一張桌子，點了兩杯冰咖啡，就一直默默地啜飲着；黃小姐卻侃侃而談，似乎興致很高。

「咦，你是不是在國外待太久，早就忘了怎麼說家鄉話了？我看你一直很少開口。」

他再也沉不住氣，就冒然地問，「聽說妳們家有個女生唸北一女，後來又上了臺大，那是不是妳？」

黃小姐搖頭笑說，「我才沒那麼能幹呢；那是我妹妹。」

他一下子覺得天昏地暗，「那麼，昨天端茶出來的小姐，就是妳妹妹了？」

黃小姐更是笑彎了腰，「你真是一頭霧水，對不對？完全搞不清誰是誰？我妹妹早就跟她的男朋友一塊兒出國，結婚了，哪裏還留在家裏端盤子敬茶？昨天那女孩子，是我家的傭人。」

他覺得這種守舊的相親的安排實在沒什麼意思，覺得坐在他對面的那個陌生女人沒什麼吸引人的地方，而且怎麼喋喋不休？都不懂得矜持，更沒有少女的嬌羞之態。

他喝完咖啡，就站了起來。

「今天晚上我還有事，所以現在就送你回去，好嗎？」

黃小姐怔怔地望着他，竟說不出話來。

三

高橋沒有再去找那位黃小姐；在他的心目中，她是個冒牌貨；他有被騙的憤慨與不滿。可是又不好意思把心中的鬱悶說出來，畢竟，並沒有人故意要欺騙他，而是他自己一廂情願的妄想所導致的失望。

不管如何，他是沒有興趣再與黃小姐交往了。他在家待了幾天，就坐上飛機，又飛回了田納西。

他以為這次回臺灣相親的事已成過去，再也沒有什麼可說可做的。沒想到，才兩個禮拜，他的母親打電話來了。

「你怎麼都沒有行動？人家女方在等你提親呢。」

他非常的震驚，「什麼話！我根本不喜歡她！而且只見過一面，怎麼就要提婚嫁了？」

「誰說只見過一面？你不是跟她相過親，又邀她出去玩嗎？怎麼現在又耍賴皮？」

他想解說，卻不知怎麼為自己辯護。

「媽，妳要我怎麼樣？」

「跟她結婚呀，還不簡單？」

「我是不會再回去的，黃家又能怎麼樣？」

「昨天媒人來傳話，她說黃家的人願意把素香送到美國去，和你在那邊成婚。」

他又氣又恨又怕，像一條落入網中的魚，無法掙脫。

「媽，我不想跟她結婚！妳要幫我忙，把他們拒絕掉！」

「你都已經是三十四五歲的人了，還要左挑右挑的！素香的家境那麼好，我們是竹筷子想挾雞肉絲，你連這個都不懂嗎？人家是看上你有個博士學位，才願意跟我們談婚嫁，你還不知足？」

他不再說什麼，不再為自己辯護，不再與母親爭執；畢竟，他從小就順從母親的話，如今，一切都只好聽任她的安排了。

他掛上了電話，只覺全身發冷，只想痛哭一場。

四

在田納西州納旭維爾機場的國際機場裡，一群熱切而吵雜的男女老少，層層地包圍在海關的出口，引頸等待着從臺灣來的旅客。等了老半天，那些旅客才陸陸續續，三三兩兩的出來了。他們有點像逃難的災民吧？都帶了大包小包的家當與細軟，準備投靠異地的親人。

高橋倚在一根柱子旁，遠離那喧嚷的一群。別人要接的是家屬親人，當然迫不及待；而他要接的這個女人他根本不能算認識；只見過那麼短短的一面。他想不通，竟有這種女人，願意千里迢迢地跑來投靠一個陌生人？她不是把自己的一生當賭注嗎？

可是反過來說，他今夜到這裡來，要把一個陌生的女人接回家去，難道他就不算是把自己的一生當賭注？

突然，他心中產生了一股衝動，想拔腳開溜；想轉身而逃。可是繼而一想，若是真的不顧一切地開車離去，而把那形單影隻的女孩子拋在機場裡，不也太殘忍？

他心裡交戰着，無法決定去留，卻就在這時一眼瞥見了她。她，身上穿着邋遢的白衣黑褲，一臉的蒼白疲累，手裡拖着兩口大皮箱，站在出口，左看右看地找人。那樣子，好孤單，好無助。

他不由自主，快步地迎了過去。

他們還要開兩個小時的車，才能回到他居住的小鎮。

「妳一定很累，趁現在打個瞌睡吧？」

「我一點也不累！精神好得很！美國真有趣，一路上看了不少東西呢！」

高橋只顧開車，素香只顧說話，她有說不完的話，似乎從盤古開天闢地說起，天南地北，毫無頭緒地說個沒完。高橋想，也許她太緊張，太興奮，也太勞累了，所以用流水般的話語來遮掩她的不安與尷尬？他有點不忍心瞥了她一眼，只覺她的側面，雖然不夠秀麗，卻還算端正。

到了家，他讓素香先洗澡，然後兩個人坐下來吃綠豆湯。吃完了，她收拾了碗和湯匙，在水槽裡洗了，又擦乾了，才收進碗櫥裡。

「睡吧？已經很晚了，」他說。

素香沒開口，就自個兒躺下來，躺在床的邊緣。他默默地把她拉過來，拉到自己懷抱裡。他手發着抖，慢慢地，笨拙地鬆開了她睡衣前面的紐扣。突然，他憶起當年在研究生宿舍裡，每聽到隔壁房間的男女在做愛的浪蕩與折騰，他曾忍受多少的煎熬！如今，他終於也要嘗到那滋味了。可是，在他心裡湧起的，卻是酸甜苦辣，什麼都參雜在一起的悲情。

五

素香是個能幹的家庭主婦，每天洗洗涮涮，把個家整理得窗明几淨；她喜歡種花草，家裏的盆栽，擺得很雅致，而且四季都有不同顏色的蘭花開放，讓人看了，覺得清新悅目。

她也喜歡女紅；每天睡過午覺後，她就為將要來臨的寶寶縫製衣服。

那一夜，在吃晚飯的時候，她跟平日一樣，滔滔不絕地把她白天出門買的東西，在家做的大大小小的家事，都搬出來，說給他聽。

「我今天到青果店買了一磅番薯，你知道番薯有多貴嗎？一磅要六毛多！我一回來，就煮了一鍋又甜又香的番薯湯，等一下吃完飯，我們可以喝一碗，當點心；對了，你喜不喜歡吃放了薑片的番薯湯？」

他還來不及回答，素香又換了話題，「我也去買了一磅的毛線，想替小寶寶織一件毛衣；一磅的毛線也就那麼幾塊錢，可是在店裡買的毛衣就貴死人！完全是貴在工錢呢。

所以，要自己織才划算。現在已經是深冬，也該為他準備一些暖一點的衣服，你說對不對？」

高橋並不回答，反正她已習慣了自說自話，並不期待他有反應。她每次開口說的話，無非是一些雞毛蒜皮的小事，要他怎麼回答？

突然，她又換了話題。「孩子快來了，我們也該結婚了吧？從去年夏天等到現在，我已經等了一年多了。」

他坐直了。「妳說什麼？」

「我都快當媽媽了，不結婚怎麼說得過去？」

「每天的日子就是這麼過，我們結不結婚有什麼兩樣？」

「當然不一樣，我不要孩子一生下來，就被認定是個私生子。」

「怎麼會是私生子？我是孩子的父親，我又不否認。而且我們遲早會結婚的，只不過，辦結婚手續相當麻煩，不但要檢查身體，要驗血，還要到鎮公所去登記，又要約定日期去公證結婚，這些大大小小的事，都得請假去處理。可是，我們公司最近情況不太好，我怕一請假，老闆就會找藉口扣我的薪水，甚至於請我走路。所以，我看還是過一陣子再說吧？」

「哼！你以為我是個三歲小孩子吧？騙了我這麼久，總是推三阻四，你就是推拖拉！到底你有什麼打算？還想騎驢找馬，對不對？我偏偏不讓你如願！我要馬上結婚！我不要再等！」

高橋的臉變得灰白，他越想越氣，不禁握起拳頭，重重地敲擊着桌面，又把桌面上的東西全部推掃在地。那破碎的碗盤的聲響，多麼令人心驚，令人抖顫？就像大禍臨頭的前兆。

素香這一驚非同小可，她一直認為自己的丈夫是個沉默寡言，沒什麼脾氣的男人，如今看他突然之間生那麼大的氣，她不知所措，竟號啕大哭了起來。

「妳哭什麼？家裡又沒有死人！妳哭什麼？給我滾出去！誰耐煩妳！」

高橋拉扯着她，把她拉到大門旁，然後打開門，把她推了出去。

外面，雨飄飛着，地上到處都積了一窪窪的水。她身上只穿了一件白色女衫，一件黑褲，一雙拖鞋；如今站在雨裡，不到幾分鐘，就開始發起抖來了。她不知道怎麼辦，在這冰天凍地裡，她能走多遠？要去哪裡過夜？

她全身不住的發抖，心裡躊躇著，要不要向鄰居叩門求救？可是，被鄰居知道了，只怕將來讓人當笑話？況且她語言不通，怎麼去解釋自己的處境？

她躊躇著，想蹲下來，把身子蜷成一團，也許會暖和些？可是，夜那麼長，天那麼冷，她怎麼可能安全度過？還有孩子；她肚子裏的孩子，會不會受影響？

終於，她走上臺階，按了自家的門鈴；高橋打開了門。

「對不起，我可以進來嗎？」

高橋退到一邊，讓她進門。她緩緩地走進餐廳，看到地上仍是狼藉的一片，於是蹲下來，開始清理。

六

她患了肺炎，在醫院住了一個禮拜，回到家以後，又在床上躺了三個禮拜；人剛復原，孩子就生下來了；是個眉清目秀的女孩，高橋為她取了個名字叫楊柳。楊柳兩個月大時，他們家來了一位稀客；原來是小寶寶的阿姨素娥，她是來看外甥女的。

高橋一見小姨子的面，馬上就認出她來了；雖說十幾年已過去，可是當年那個每天騎着腳踏車，從他家門前走過的女孩，她的一舉一動，她的笑靨，在他心目中仍很清晰。為什麼他對一個從來沒有機會認識的女孩會有那麼深切的好感？會有那種深藏在心的想望？也許是緣吧？可是他們是無緣的呀。

素娥自己一個人來，她的丈夫在哈佛教書，走不開。她也沒有子女，所以說要來，就來了；很自在。

她帶來了幾件嬰兒的服裝，也帶了一幅掛軸，要送給楊柳。高橋展開那掛軸一看，原來上面是用行書寫的一首詩：

橋畔垂楊下碧溪
君家元在北橋西
來時不似人間世
日暖花香山鳥啼

他原是一點都不懂詩詞或字畫的；但那首詩，不是駕輕就熟地描畫出一幅活生生的鄉間的景致嗎？不是把世外桃源的意境呈現在讀者的眼前嗎？而那字跡，多麼的俊逸瀟灑，流動活潑呢！他端詳着那書跡，越看越歡喜；於是，馬上取了釘子，鐵錘，將它懸掛在他自己的書房裡。

「妳在那裡找來的這幅掛軸？」

「去年春天我回臺灣看爸媽，順便到故宮博物院去繞了一圈，」素娥笑着解釋道，「正好博物院的禮品店在賣這幅書軸，當然這只是複製品，不過我好喜歡，所以就買回來了。上個月姐姐打電話來，說小寶寶的名字叫楊柳，我想，多巧呢，你們一家三口，名字都出現在這首七言詩裡了。如今拿來送你們，不是很有趣嗎？」

「爸媽都還好嗎？我好想念他們，」素香熱切地問。

「他們都很好，只是有點抱怨，說妳都不肯寫信回家；他們也很想看外孫女呢。」

素香悄悄地望了丈夫一眼，看他面無表情，也就顧左右而言其他了。

「爸媽有沒有帶妳到什麼地方去玩？」

「他們懶得出門，只到郊區走動走動而已；不過他們倒是帶我到日本的京都去住了幾天，正巧那時是櫻花盛開的季節，我第一次看到這麼大的一個城市，竟像一座巨型的公園，舉目所望，不管是城堡，是寺院，或是河邊，或街旁的渠道，還是湖泊的邊岸，到處都是盛開的櫻花；尤其是有水的邊岸，那樹上的花枝，與水中的倒影相陪襯，偶爾還夾着幾株綠柳，穿插着幾棵粉紅的夾竹桃，那景色，真像夢幻一般，真怕一眨眼，這神奇的景致就會從眼前消失呢。我想，這麼一個歷史悠久的城市，必定是用了一兩千年的功夫，一代接一代苦心的經營，處心積慮的構想，精心的設計，才能達到今天這樣的神奇優美的境地。」

「妹妹，妳也真好命，沒什麼拖累，沒什麼憂愁，才能夠享受到這些旅遊的樂趣。」

「妳不必埋怨了，等楊柳長大以後，我們也可以跟妹妹一塊兒出門旅遊，對不對？」高橋插口說。

「也不必等那麼久吧？」素香說，「這附近就有座國家公園，我們幾次想去都沒去成，今天妳來了，說不定我可以沾妳的光，去玩一趟？」

素娥笑望着姐夫，等他做決定。

「好吧，要去，明天就去。」

第二天，他們帶了野餐食物和飲料，大包的尿片和奶瓶，開了兩個小時的車，就到達了Smoky Mountains的山腳下。他們在一條清澈的溪流邊岸，鋪上了毯子，然後開始吃豐盛的野餐。他們舉目四望，頭上，萬里晴空，只漂浮着幾朵白雲；綠油油的原野上，有無數的野花怒放；溪流裡，是跳躍的魚群。小楊柳在春天暖和耀眼的陽光裡，睡得很香甜，不哭也不鬧。

飯後，他們開始往山上開行；一路上，只要有奇花異草，他們就停下來欣賞。只要有野獸的蹤跡，他們就停下來觀望。等他們開到山巔，太陽已快要下山了。原來山的頂端，有一座螺旋形的觀望臺，必須蜿蜒地步行上去。素香望着那高臺，又望著懷抱裡的嬰兒，就放棄了爬上去的念頭，「你們兩個上去吧？我在這裡等着。」

於是高橋陪着他的小姨子，爬上了瞭望臺的最高處；兩人並肩而立，舉目瞭望，只見暮色中，千山萬壑盡收眼底，給人留下蒼茫幽渺，閑曠深秀之感。

那一天黃昏所見的景色，深印在他的心中，永生難忘。

一個星期很快的就過去，素娥悄悄的來，又似乎無聲無息地走了。高橋在屋裡到處搜尋，搜尋着歡樂的痕跡。可是怎麼找，都是徒然。他每天看到的，就只有妻子和那個日夜啼哭的嬰孩。

日子，又恢復了原狀；每天，就像吞沙一樣。回想那一個星期，真像夢一般，只有書房裡那一幅掛軸提醒着他，素娥曾走進他的生命裡來。

七

楊柳已經滿一歲了；長得瘦瘦小小的，也不笑，而且夜晚睡得不好，常常哼哼的哭個不停，醫生說她患了疝痛的毛病；高橋聽那日夜不停的啼哭，不免厭煩；也就不怎麼疼這個女兒了。

有一天，是個週末的下午，素香一個人出去買菜，把高橋留在家照看正在睡午覺的小孩。他正着迷地看著電視轉播的球賽呢，卻聽到小楊柳醒來了，在啼哭。他有點不耐煩，根本不理睬，心想，也許哭了一會兒她又會睡着。怎知，那小孩卻越哭越大聲，再也沒停。不得已，他只好走進育嬰室去探一探頭；卻原來小孩拉肚子，全身都浸濕了，髒兮兮的。他深深地嘆了一口氣，無可奈何地找尿片，找乾淨衣褲來替小女孩兒替換。

他脫下了小孩的髒衣服，一看，不禁驚叫了出來，那躺在小床上的，赤裸裸的小身軀，竟有好幾處紫紅的淤塊。到底是怎麼一回事？怎麼孩子的身上會有這許多的傷痕？

就在這時，素香抱了大包小包的雜貨回來了。

「哇，今天牛排好便宜！一磅才一塊多！」

高橋卻把她手中的紙袋都搶過來，拽在地上。霎時間，滿地都是破碎的雞蛋，四散的菜蔬，和濺了一地的牛奶。

「你怎麼搞的？無緣無故發這麼大的脾氣？」素香大驚失色，大聲地責問丈夫。

「妳問問妳自己吧？妳是不是個變態狂，以虐待自己的女兒當消遣？」

「我什麼時候虐待她了？」

高橋只覺有一道熾熱的白光閃過他的腦際，他不假思索，就伸手抓起素香的長髮，把她拉扯到嬰兒床邊。

「妳倒說說，為什麼小孩的身上有這許多的疤痕！」

素香看着那一塊塊的青紫，臉色驟然變得灰白。

想到會變成這樣；昨天半夜，小孩把我吵醒，她一直哭個不停，我抱着她來回走，走了不曉得幾百遍，可是她還是哭。我實在太累了，忍不住就擰了她一下；她大哭，我又擰了她一下；她哭得更厲害；我也更生氣，又擰了她幾下。沒想到今天竟然變成這個模樣。對不起，我不是故意要傷她，我沒料到小孩子皮嫩，那麼容易淤血。」

「妳這個一無是處的女人！簡直沒資格當母親。」他狠狠地一巴掌摑過去，素香的臉一下子漲紅了起來。他又一巴掌摑過去，又一巴掌。

他實在不放心把孩子留在家，讓素香照顧她。可是他又能怎麼樣？總不能把孩子送去給保姆照顧吧？請保姆照顧要錢呀，他哪來多餘的錢去支付如此龐大的開銷？不得已，只好仍舊這麼一天一天的度過。

幾個月過去了，一家三人倒相安無事；孩子也長了好些，已經會走路，也會叫爸爸了；他心安了不少。

有一天早上，他起得晚，匆匆換上了外出服，就要出門；走到前廊時，他無意間瞥了一眼掛在牆壁上的大鏡，怎知，這一瞥，他不禁驚叫了一聲。原來他發覺褲子的臀部，竟有一處很顯眼的被熨斗燒焦的痕跡。

「素香！妳過來！」他一邊叫，一邊把西裝褲脫下來，把皮帶除去。

他等着妻子走過來，然後揮起皮帶，抽打到她身上。她不言不語，只躲到牆角，縮成一團，任他鞭笞。

「妳根本就是故意要給我難堪！要我丟臉！妳毀壞了我的褲子不打緊，為什麼還收起來，掛在衣櫥裡？幸好我在鏡子裏看到了，不然穿出去，不成了大笑話！」

他也知道，有時候自己脾氣太暴躁；他也明瞭，自己的兇暴，對他們的婚姻生活沒有一點兒好處；只會使日子更難挨罷了。每次打了素香以後，他會後悔好幾天，會對自己發誓，決不再動粗。有時，在夜闌人靜時，他不免深思，不免要猜測，到底素香對他有多少的不滿？多少的畏懼？多少的恨意？

八

這幾年來，高橋心裡一直擔憂的事，終於發生了。原來他的公司是個家族企業，經營的方式很像地主和佃農的關係；屬下的職員即使有很好的主意，也不敢反映上去，大家只是苟且偷安，只顧飯碗罷了。幸好老董事長很有手腕與魄力，所以公司的作業一直很順利。可惜兩年多前，老董事長過世了；接班的兒子是個公子哥兒，什麼也不懂，又不肯下苦心去學，因此公司的生意，也就漸漸的衰微了。特別是這幾個月來，情形每況愈下，雖說大家每天仍舊去上班，可是根本沒有工作做，只是蘑菇，只是削削鉛筆，喝着一杯又一杯的咖啡，等著下班而已，那滋味實在不好受；那種天就要垮下來的，面臨著末日的感覺，就像濃濃的烏雲，越壓越低，讓人喘不過氣來。

果然，怕來的，終於真的來了。那一天清早，大家才剛到公司，年輕的董事長就召集屬下開會。然後他帶着如喪考妣的表情向大家宣布，公司要倒閉了，從此以後，大夥兒就不必來上班了。

雖然明知那是遲早會發生的事，可是聽到這樁壞消息，高橋心裡還是受到很大的震撼；畢竟，失業是很不幸的事；對他個人的尊嚴，對他一家人的生活，都是很大的打擊。

在失去工作的第二天，高橋照常穿上西裝，開車進城。可是他並沒有沿著平日走的那一條路，卻繞道去失業救濟所。到了那裡，他才發覺自己穿錯了衣服；只見一個大廳，擠了黑壓壓的一群人，大都是衣冠不整，猥瑣狼狽的黑人或下等白人，哪裡有人像他穿得那麼光鮮筆挺？他看到那些人毫無遮攔地投過來嘲笑揶揄的眼光，真想逃開去。可是今天逃開了，明天一樣還得再來；他能逃到哪裡去？

他等了一個早上，終於才被叫了進去。那個接見他的調查員，擺出一副鄙視的嘴臉，完全把他看成了社會的殘渣！這些年來，他一直是美國社會的中堅分子；怎料，一夜之間，他的身份被貶低了，竟被看成了無用的人；一個靠社會救濟金過日子的黃種人！

他又羞又恨又慚愧；深覺無地自容。

但羞愧也罷，憤恨也罷，他畢竟需要那筆錢，那每個禮拜按時寄到的三百塊美金。

從此，他難得出門；這樣一個生下來就馬不停蹄的人，現在突然之間，變得沒地方去，沒事情做；他完全迷失了，覺得自己已成了一個廢物。有時在路上，看到那千百輛的車，從他旁邊開過，都顯得那麼匆忙，都知道要去什麼地方。只有他，像漂浮在水中的一根草，不知何去何從。

他想不通，為什麼自己會落魄到如此的地步？是因為能力不足？還是命運的撥弄？他望著自己的前途，望見的是一條狹窄黑暗的山洞，那麼無盡無休地延伸下去。

他真不曉得怎麼打發那漫長的日子；每天早上，他開車到附近一家中國商場買一份中文日報，又到附近的麥當勞買了一杯咖啡，然後找個角落裡的位子坐下來，慢慢地翻看報紙；一個早上就這麼過了。中午回家隨便吃了飯，就睡個午覺；午覺醒來，看看棋譜，翻翻雜誌，天氣好的日子，他會帶小楊柳到湖邊去散步，直到天黑才回來。

剛失業的時候，素香好像反應不過來，都不懂得事情的嚴重性；仍和平日一樣，每天只忙着家事，只忙着孩子。直到有一天，夫妻一塊兒坐下來吃晚飯，她不經意地問，「你今天做了什麼事？」

「也沒做什麼，就是看看報紙。」

「很難找到工作，是不是？」

他瞪着眼看了她一下，不耐煩地反駁道，「妳怎麼不去找找看？何必來問我？」

「其實也不一定要靠薪水吃飯吧？我們可以開一家中國雜貨店，自己當老闆，」素香熱心地說，「要不要試試看？」

高橋驚奇地望着妻子，「妳哪兒來的這個餿主意？我是個有博士頭銜的讀書人，怎麼去開店賣豆腐，罐頭和青菜？要是我們認識的人到店裡來買菜，我還有臉見人啊？」

素香聳聳肩，不在乎地說，「我沒有什麼學位，不怕人笑；我爸當年就是開雜貨店起家的，所以這個行業我也算懂得一些。」

「算了吧？別丟人現眼的；我遲早會找到工作的，妳不必擔心，我不會讓妳餓死。」

素香就不再開口了，夫婦倆低着頭，吃着悶飯。

如此一天一天地挨，他失業已將近兩年，那一個月一千兩百塊的救濟金早已中斷了，幾年來的積蓄，也快用光。他很清楚，如果再找不到工作，全家只好挨餓了。他不是不想找工作，單是應徵的信就寄出了幾百封，也打過數不清的求職電話；可是一直都沒有下文。

如今，他不得不承認，自己已走到了窮途末路。

到底該怎麼辦才好？他曾考慮要把素香和孩子送回臺灣，讓她娘家的人承擔她們母女的生活。不過，他對黃家的情形並不熟悉，只記得他們住在一棟庭院深幽的大宅，可是屋裡的布置卻那麼陳舊。他知道兩老並沒有兒子，只有兩個女兒，卻都住在美國。黃老先生早在十年前就退休下來了；誰知道這些日子以來，他們的生活過得怎麼樣？即使他們願意，也不一定有能力收留那已經嫁出去的大女兒吧？

九

就在這個時候，素香接到了她母親打來的電話；原來她的父親因心臟病突發，驟然離世了。

高橋問妻子，「妳是不是要回去參加葬禮？」

「那當然。」

「要不要我陪妳回去？畢竟，我是他的半子。」

素香先是驚訝地打量着他，然後搖搖頭，說，「算了吧？機票好貴，你又不是我家的人。不過我已經答應了我母親，會帶小楊柳回去，她很想看看外孫女。」

素香母女在臺灣待了將近兩個月才回來。回來後的隔天，素香就拿了一張紙給高橋看。原來是一張銀行匯票；上面寫的數字是四百萬美金。

高橋的手心發冷。「這是什麼？」

「錢啊。」

「誰給妳的？」

「還會有誰？當然是我老爸留給我的。」

「妳準備要怎麼用那一筆錢？」

「買菜呀，買車呀，買衣服呀，」素香微笑地望着他，「我買一套西裝送你，怎麼樣？你還記得嗎？我曾經把你的一條西裝褲燒了一個窟窿？」

他當然記得，但他寧可把那些往事都忘掉。

到底高橋是懷著什麼樣的心情去接受那筆意外之財呢？就像中了獎券吧？不過中獎的人，一定欣喜若狂，不會像他那樣懷着心虛與尷尬？但，心虛也罷，尷尬也罷，有一點是不容置疑的，那便是這筆錢帶給他無比的釋然。自從失業以後，他就像被壓在千鈞的巨石之下，根本喘不過氣來。如今有人為他撬開了巨石，他終於又恢復了自由；他怎能不感激？

不過，錢並不是他的，他當然沒有權利去動用。幸好素香很慷慨大方，肯把錢拿出來補貼家用。以前，她每次伸手向丈夫要錢，他總是不給她好顏色看，所以她盡量的儉省，上街買菜，總是錙銖必較。如今，她可以隨自己的意願支配她自己的錢；高橋當然一句話也不敢多說了。

素香從臺灣回來不久，就花一千塊錢買了一件很時髦，很高檔的皮夾克送他。他有點不知所措，卻也不好拒絕；心想，這是妻子的好意呀。

過了兩個禮拜，他們要出門參加一個同鄉晚會，他想趁這個熱鬧的場合穿那件皮衣出去亮亮相，風光風光。怎料，他翻遍了衣櫥，卻找不到。

「喂，素香，妳有沒有看到我那件新夾克？」

「你是說那件皮衣嗎？」

「是呀；我明明把它掛在衣櫥裡的，怎麼不見了？」

「不用找了，我已經拿回去還給百貨公司了。」

「為什麼？我都還沒穿？」

「就是趁你還沒穿，我才能退還呀。這幾天我想來想去，總覺得不太對；像你這樣一個土裏土氣的男人，再怎麼打扮也不會變成帥哥吧？所以我何必白花那筆錢？」

他聽了妻子的奚落，心裏羞恨難當，腦子昏亂，好像就要爆炸一樣；他不自覺地握起拳頭，盲目地欺身向她逼近。可是，素香並沒有畏怯，反而用挑戰的眼光望着他。他先是錯愕地站住了，然後才漸漸清醒了過來；拳頭放鬆了，人也往後退了一步。

他一邊退後，一邊想，算了吧，何必跟她計較？如果兩個人一直為了這種無聊的事吵架，家裡真的不會有一天的安寧了。

素香闊綽了，漸漸的，也肯把錢花在自己身上了。她每個禮拜去做臉，還讓人用機器把眉毛，眼綫刺描得很誇張的黑，從此再也洗不掉了。她那模樣，讓人看了很驚訝；好像一個戲子在散場後，忘了卸裝，忘了洗掉鉛華。她也置了不少新裝；有套裝，有洋裝，有女衫配那流行的半長褲，卻大都是黑顏色。但不管她怎麼打扮，總甩脫不掉她那高大臃腫的女攤販的粗俗形象。

他四十歲的生日那天，素香在一家中國餐館辦了四桌酒席為他慶祝，還買了一輛嶄新的藍色賓士車，送給他作為生日禮物。

素香這一招，真夠戲劇化的，真為她自己買來了無數的誇讚。整晚，高橋笑容滿面，扮演着一個幸福的丈夫的角色；可是，他心裡很明白，素香在擺布他，把他當成一具傀儡般地作弄着。

他心知，那部新車只是個幌子，過不了幾天，素香又會把它轉賣出去的。可是，他的舊車子已經被她賣掉了，他又能怎麼樣？住在郊區，沒車子就寸步難行呀。不得已，他只好硬著頭皮，每天開新車出門了。

其實，他也沒什麼地方可去；只不過清晨送女兒去上學，然後到咖啡店吃早點，看報。到了下午兩三點，他又去把女兒接回來，回到家後，就督促小楊柳做功課，然後帶她到湖邊散步，看野鳥，看水鴨；到野地採花，如此而已；這是他每天的例行公事。

雖然只是些小差事，只不過當女兒的保姆；但對他來說，每天的例行公事使他的生活有一點兒重心，有一點兒樂趣，不像浮萍一般的飄搖。

他也非常愛他的女兒；那個曾經遭他嫌棄的楊柳，如今成了他的安慰，他心中喜悅的泉源。

可是身為父親的他，卻無法抵擋素香對女兒隨意的挑錯與懲罰，只能像旁觀者一樣，默默地觀望罷了。他知道，只要自己出來干涉，就會加深了素香的怒意，而楊柳也就被懲罰得更嚴厲了。其實，一個六七歲的小女孩，能懂得多少？能做出什麼壞事？可是素香卻說小女孩都被她父親寵壞了；非好好管教不可。於是，小女孩不睡覺也挨打，不吃飯也挨打，打瞌睡也挨打，吃太多也挨罵。素香的懲罰方式沒有個準則，完全憑她一時的衝動。可是她最常用的懲罰是擰女兒的手臂；小楊柳也因此經年都穿著長袖的女衫。

漸漸地，小楊柳竟不太願意回家了，常常懇求她父親在湖邊多留一會兒；他看到女兒呆坐在湖畔，偶爾往湖中丟塊小石子，聽那「撲通」的水聲；他心裡會淌着淚。

可是，也不只是女兒日子不好過；他每天更得忍受妻子的冷淡與藐視。似乎，不管他做什麼事，她都會挑錯。不做呢，她也會埋怨。

「你怎麼把髒鞋子穿進屋子裡來？」素香總怨怒地責備着，「難道你要我跟在你後面清理？」

「你怎麼把髒衣服到處亂丟！難道你把我看成了佣人，每天就跟在你後面收拾？」

夫妻倆，常為了些芝麻小事而鬧得很不愉快；她看不慣他的一切，恨不得他能隱身消失吧？而他更恨她的倨傲的態度；為什麼她沒有一絲的同情？難道他寧肯過這種無所適從的，散漫的日子？

可是偶爾她的態度也會軟下來。她會膩着他，把她那高大健壯的身子壓坐在他身上。她會急切地摸着他的背，撫着他的臉頰，上上下下地吻着他。高橋卻整個人都僵直了；是那種如臨大敵的恐慌，是那種無可奈何的聽天由命。因為他，再也無法滿足她生理上的需要；常常搞到一半，他就萎縮了，不管素香怎麼拼命地拉扯，怎樣的刺激，怎樣的愛撫，都無濟於事。如果只是一次兩次，倒也說得過去，可是一次接一次的挫敗，使得素香肉體的飢渴，都化成了無法驅散的不滿，鄙視與憤怒。

高橋竟變得怕她了；寧可妻子不要對他有任何的索求與期望。她，只給他難堪！只讓他沮喪。

有一天黃昏，他和女兒從湖邊回來，看到一個陌生人站在車道上，在跟素香說話。

「小楊柳，你認得那個人嗎？」

「我不認得。」

「我也不認得；不過我敢打賭，他是來買我的新車。」

果然被他猜中了。那人從素香手中拿過鑰匙，就把那部藍色的賓士車給開走了。

從此，不管晴天或下雨，不管颱風或日曬，他都陪着女兒步行上學，陪着女兒步行回家。他也學會了釣魚；又去買了一只小魚竿，很有耐心地教楊柳垂釣。父女倆在湖邊，常常說這麼肩並肩，消磨一個下午，直到黃昏，太陽下了山才回家。

有一天下午，他去學校接楊柳；老師一看到他，就走了過來，遞了一張紙條給他。

「你回家再看吧？」老師這麼跟他說。

高橋心裡有點不安，卻想不出會有什麼大不了的事。他知道，女兒是全班最優秀的學生；不管考什麼都得滿分。可是為什麼那位級任老師竟顯出一副嚴肅的臉容？

好不容易回到家，他馬上把紙條取出來看。只見上面寫道，

「楊柳的功課很好，這是無可置疑的；可是，她與同學之間好像有點問題。他們屢次向校方埋怨，說楊柳喜歡擰捏他們的手臂，擰得好痛，都腫成了紫色的淤塊。我發覺有些同學有點怕她，都避開她，不肯跟她玩了。

我們做為教師的，對學生的智力體力和個性的發展都有很重大的責任，不過，我也希望你了解，學生在家的種種生活體驗，都不是我們做為教師的人所能觀察到的。

我希望我們有機會能進一步深談。」

高橋看了老師的信以後，竟忍不住，失聲痛哭了起來。

他一直沒有去見女兒的老師。他想，見了老師又怎麼樣？他能說什麼？

素香越來越忙了；她到處向朋友和相識的人宣布，她正在看房子，因為她要搬家，要搬到一幢比較像樣的房屋。她說，她早就厭倦了這棟破房子。每天，她一大早就出門，像一個身負重大使命的人，專心致志地追求她的「夢之屋」。

她也越來越胖了；因為她在家的時間都花在廚房裡，忙着做吃的東西。她喜歡嘗試各種報章雜誌裡刊出的食譜。做好了以後，她一個人吃的津津有味，而高橋卻興趣缺缺，毫無胃口。於是冰箱裡擠滿了各色各樣的剩菜。到後來，她嫌冰箱太小，只好又去買了一只更大的，擺在地下室。

高橋越來越瘦了；他的胃口變得很小，每天只吃那麼一點點。素香譏刺他不知好歹，有人服侍，有人煮三餐給他吃，他還挑東挑西，不肯動筷！

高橋也睡不好，大概床墊太硬吧？背部痛得使他吃不消，常常輾轉反側，一夜睜着眼到天亮。他也無法久坐，因為靠着椅背，他的背脊會痛。素香恨恨地說，他簡直是胡扯；床是兩年前才買的，怎麼會不舒服？若說他背痛，誰不是多多少少會有點兒毛病？可是他就沒有一點兒忍痛的能耐；比那兩歲的小孩還沒有用。她說，高橋所以睡不着，都是因為每天無所事事，也不勞動，也不流汗，也不動腦筋，他怎麼睡得着？

聽她這麼罵，高橋也覺得有點兒道理，所以就不肯在她面前埋怨了。他決定要在後院裡開闢一座花圃，種一些芍藥什麼的，既可鍛煉身體，也可欣賞花的艷麗，何樂而不為呢？可是，等他拿起了鋤頭，才發覺自己竟沒有一絲的力氣。他不免吃驚，卻不肯對素香提及，只悄悄地放棄了種植花草的野心。他卻還自慰地想，大概是長久以來一直沒有用過臂力，沒有揮過汗的緣故吧？如今都已不管用了；他，已未老先衰。

日子一天天的挨着，他身上的疼痛不但沒有消失，反而加劇了。他知道自己的身子一定有問題；可又說不出到底是怎麼一回事，到底什麼地方不對勁。想去看醫生，卻猶豫了好久，結果還是沒去成。自從他三年前失業至今，他們一直沒有買任何健康保險，所以每次看醫生，都得自己掏腰包；這對素香來說，簡直像要拔掉她的門牙一般，她怎麼肯答應？

況且，她在一個月前訂購了一座豪宅，也繳付了一半的房價，只等房子蓋好，就要搬過去住。買房子，她是絕對拿得出錢來的。那不但是很精明的投資，一家人又可以住得舒適，更可以向朋友炫耀，換來羨慕妒嫉的眼光。

她也肯花錢裝扮自己；那是為了自我滿足吧？也為了向別人炫耀。

可是她一直不相信看醫生會有什麼好處，更不肯買健康保險；對她來說，那完全是不必要的浪費，就像丟一把錢在風中，毫無蹤影。

十一

春去夏來；有一天，高橋接到了一家叫貝拓的建築公司的來信；那公司曾邀他去面談過，可是他等了又等，卻一直都沒有下文。如今，兩年已過去，貝拓竟突然寄來了聘書，立時就要雇用他。原來貝拓最近標到了一件大工程，所以急需工作人員。他們要他先去醫院驗血，以確保他沒有吸毒的惡習；這是聯邦政府的規定，但是對一般人來說，這只不過是一種形式而已。只要檢驗通過，他就可以向公司報到。

那是多麼令他欣喜，也令他心酸的消息。

第二天一大早，他就到附近的一家醫院去抽血，驗尿；他們告訴他，一個禮拜後他們就會通知他檢驗的結果。

他帶着急切不安的心情，等待着那份身體檢查報告。果然，沒幾天，他就接到了通知，要他去醫院做進一步的檢查。他們還吩咐他，最好收拾一些衣物及日需用品帶去，因為他可能需要在醫院住一段時間。

多久了？他一直像一隻鴕鳥，把頭埋在沙裡，不敢面對現實；如今抬起頭一看，面對的竟是末路。醫生對他說，他有癌症，而且已經蔓延到全身。

「你有沒有寫遺囑？」那年輕的醫生有點坐立不安地問。

「沒什麼好寫的，」高橋苦笑地回答，「我們家的財產都是我太太的。」

他在醫院住了兩個禮拜，人家就不肯留他，所以他只得回家休養了。一個等於被判死刑，又沒有保險的人，是不值得他們照護的。醫生倒是開了處方，要他在痛得無可忍受時服用；他料想，那藥品大概就是嗎啡吧？

出院那一天，素香開車來把他接回去。在回家的路上，車子開過湖邊，他對妻子說，

「妳在這裡停一停，好嗎？」

「你要幹嘛？」

「趁今天還能走，我想再去湖邊走一遭。」

「你瘋了嗎？沒看到外面在下雨？」

「不要緊，妳可以在車子裏等，我去一下就回來。」

他倒是希望女兒就在身邊，能陪他繞着湖走一遭，就像往常一樣。可是女兒已經不在身邊，素香把她送回臺灣的外婆家去了。如今，他只得一個人在雨中停停走走，望著雨

滴，打在楊柳樹上；那柳枝，無奈地飄搖著。他望著雨滴，打在湖水上，打出一湖的滾沸。他望著那蒸騰的湖水，一股傷悲，湧向心頭。

十二

他望著窗外的天，迷迷濛濛。

好像有一個身影飄進了書房。是素香？不是，那身影修長苗條。

「姐夫，我來看你來了。」

「是素娥？」

「是我。」

「妳怎麼來的？」

「剛才姐姐去機場接我，我們剛到家。」

「妳姐呢？」

「她在廚房裡忙著準備晚餐。」

難怪他敲了半天的玻璃杯，都沒有人呼應。

「姐夫，你瘦了好多。」

他苦笑了。「一直沒胃口，全身都痛。」

「要不要我替你按摩？」

他點點頭，卻不敢開口，深怕那話語會變成了哭泣。

素娥坐到床邊，開始很有規律地替他按摩。他覺得那麼舒坦，心裏飄飄然，神思飛揚。

「我想看看窗外，妳扶我起來，好嗎？」

雖說他現在已變得骨瘦如柴，可是素娥卻仍費了九牛二虎之力，才把他扶到了窗前。

他望著窗外，迷濛中，周遭的房屋庭院，似乎都很陌生，不是他記憶中那熟悉的一切。

「外面在下雨呢。」素娥說。

「是雨還是雪？」

「是雨；現在是夏天，不會下雪。」

他有點失望，如果下雪的話多好？那靜悄悄的，無聲無息的雪，把大地覆蓋在白色的，晶瑩的，冰冷的被子裡。那靜悄悄的，無聲無息的雪；靜悄悄的來，無聲無息的走。多麼俐落。

「我好累，想躺下來。」

素娥扶著他躺下來；他，帶著一聲微微的嘆息，閉起了雙眼。

釀文學03　PG0513

踏歌行
──夏眉小說集

作　　者　夏　眉
責任編輯　鄭伊庭
圖文排版　蔡瑋中
封面設計　陳佩蓉

出版策劃　釀出版
製作發行　秀威資訊科技股份有限公司
114 台北市內湖區瑞光路76巷65號1樓
電話：+886-2-2796-3638　傳真：+886-2-2796-1377
服務信箱：service@showwe.com.tw
http://www.showwe.com.tw
郵政劃撥　19563868　戶名：秀威資訊科技股份有限公司
展售門市　國家書店【松江門市】
104 台北市中山區松江路209號1樓
電話：+886-2-2518-0207　傳真：+886-2-2518-0778
網路訂購　秀威網路書店：http://www.bodbooks.com.tw
國家網路書店：http://www.govbooks.com.tw
法律顧問　毛國樑　律師
總 經 銷　聯合發行股份有限公司
231新北市新店區寶橋路235巷6弄6號4F
電話：+886-2-2917-8022　傳真：+886-2-2915-6275

出版日期　2011年3月　BOD一版
定　　價　290元

Printed in Taiwan

國家圖書館出版品預行編目

踏歌行：夏眉小說集 / 夏眉著. -- 一版. -- 臺北市：釀出版, 2011.03
面； 公分. --（釀文學；PG0513）
BOD版
ISBN 978-986-86982-9-1（平裝）

857.63 100002893

讀者回函卡

感謝您購買本書，為提升服務品質，請填妥以下資料，將讀者回函卡直接寄回或傳真本公司，收到您的寶貴意見後，我們會收藏記錄及檢討，謝謝！如您需要了解本公司最新出版書目、購書優惠或企劃活動，歡迎您上網查詢或下載相關資料：http:// www.showwe.com.tw

您購買的書名：________________________________

出生日期：________年________月________日

學歷：□高中（含）以下　□大專　□研究所（含）以上

職業：□製造業　□金融業　□資訊業　□軍警　□傳播業　□自由業
　　　□服務業　□公務員　□教職　□學生　□家管　□其它____

購書地點：□網路書店　□實體書店　□書展　□郵購　□贈閱　□其他

您從何得知本書的消息？

□網路書店　□實體書店　□網路搜尋　□電子報　□書訊　□雜誌
□傳播媒體　□親友推薦　□網站推薦　□部落格　□其他________

您對本書的評價：（請填代號　1.非常滿意　2.滿意　3.尚可　4.再改進）

封面設計____　版面編排____　內容____　文／譯筆____　價格____

讀完書後您覺得：

□很有收穫　□有收穫　□收穫不多　□沒收穫

對我們的建議：________________________________

____

____

____

請貼
郵票

11466
台北市內湖區瑞光路 76 巷 65 號 1 樓
秀威資訊科技股份有限公司 收
BOD 數位出版事業部

（請沿線對折寄回，謝謝！）

姓　　名：____________　年齡：______　性別：□女　□男

郵遞區號：□□□□□

地　　址：______________________

聯絡電話：(日) ____________ (夜) ____________

E-mail：______________________